Repères clés

Terminale

BAC Géographie

Avec la collaboration de
Romain Goureau

rue des écoles

EAN : 9782820811752

Éditions rue des écoles
2 ter rue des Chantiers – 75005 Paris

Sommaire

Les ressources de la mer

L'essentiel du cours

L'exploitation des ressources biologiques et minérales de la mer est essentielle pour les sociétés humaines.

Des ressources halieutiques

- Depuis les années 1990, la production aquacole est en plein essor, au point qu'en 2016 elle représentait 74 millions de tonnes, contre 93 millions de tonnes pour la pêche. Il existe 4,6 millions de bateaux consacrés à celle-ci dont 75 % en Asie, avec une flotte très largement constituée d'embarcations de petite taille. Néanmoins, la surpêche est une préoccupation majeure : selon la FAO (Organisation des Nations unies pour l'alimentation et l'agriculture), une espèce de poissons sur trois est menacée d'extinction.
- L'usage de ces stocks biologiques se diversifie, par exemple, avec le développement de l'exploitation des algues et de leur culture pour approvisionner les industries pharmaceutiques et cosmétiques. La localisation de ces ressources se modifie également en raison des changements climatiques : ainsi, les stocks de poissons se déplacent vers le nord, là où les températures sont plus basses.

Des ressources en hydrocarbures

- L'exploitation off-shore extrait près d'un tiers de la production mondiale de gaz et de pétrole, mais de nombreux investissements sont nécessaires pour accéder à la ressource dans le milieu marin (accès aux gisements, transports de la marchandise). La répartition, tout comme l'exploitation pétrolière à terre, est inégale dans les océans : la Norvège a largement investi dans l'exploitation de ces ressources, tout comme les entreprises américaines dans le golfe du Mexique. La mer Caspienne et l'Afrique de l'Ouest sont deux autres espaces majeurs d'exploitation pétrolière.

De nouvelles ressources ?

- Les innovations technologiques et les questionnements sur l'approvisionnement en matières premières accroissent l'intérêt pour les espaces maritimes. Certaines ressources commencent ainsi à susciter les convoitises depuis le début du XXIe siècle. Essentiels aux nouvelles technologies, un certain nombre de métaux se trouvent en mer en grande quantité, mais en très grande profondeur dans des nodules polymétalliques.
- Si leur exploitation reste complexe et coûteuse, le développement de drones sous-marins est à l'étude pour leur récupération. La recherche de nouvelles sources d'énergie fait aussi porter un regard neuf sur les courants marins et les vagues, dont l'énergie peine encore aujourd'hui à être captée.

Mots-clés à connaître

Halieutique

La filière halieutique correspond aux activités liées à la pêche. Celle-ci se décline sous plusieurs formes. La France est le quatrième pays en quantité dans l'Union européenne en ce qui concerne la pêche professionnelle (500 000 tonnes par an). La pêche est également une activité de loisir réglementée. La ressource halieutique est en effet soumise à de fortes pressions, faisant craindre pour le renouvellement des stocks de certaines espèces. La filière « pêche » peut aussi être envisagée comme englobant les activités aquacoles (élevage des poissons). Il faut noter l'émergence d'une nouvelle demande pour les algues, prisées par les marchés pharmaceutique et cosmétique.

Off-shore

Terme anglophone désignant les activités se déroulant en pleine mer, au large de la côte (*shore*). Les forages d'hydrocarbures de ce type, plus coûteux, apparaissent dès le début du XXe siècle au large des côtes américaines. Certains espaces comme la mer du Nord sont largement exploités de nos jours par ce type d'installations. Si les technologies progressent, les risques ne disparaissent pas. La catastrophique explosion sur la plateforme pétrolière *Deepwater Horizon*, appartenant à British Petroleum, en 2010, tue dix personnes puis déverse près de 800 millions de litres de pétrole dans le golfe du Mexique.

Surpêche

Pêche en quantités trop importantes qui ne permettent pas d'assurer le renouvellement des stocks halieutiques.

Usine marémotrice

Cette « usine » d'un type particulier produit de l'énergie électrique en transformant l'énergie des marées. Mise au point en France en 1966, un barrage dans l'estuaire de la Rance fait figure de précurseur, comportant des turbines actionnées par la force des marées montantes et descendantes. Elle fournit environ 2,5 % de l'électricité consommée par la région Bretagne. Légèrement plus puissante, la centrale marémotrice de Sihwa en Corée du Sud a été mise en place en 2011. D'autres expérimentations sont en cours autour de l'énergie de la mer, notamment l'énergie houlomotrice en Australie ou au Portugal. D'autres protocoles sont encore en phase de test pour exploiter les courants marins avec des hydroliennes.

Chiffres à connaître

- 80 % du commerce mondial de marchandises est réalisé par voie maritime.
- Le plus grand porte-conteneurs du monde, le *MSC Gülsün*, est inauguré en 2019. Ce navire gigantesque mesure 399,9 mètres de long et 61,5 mètres de large et peut transporter plus de 23 000 conteneurs.

Les flux maritimes

L'essentiel du cours

Si 80 % de nos consommations passent par les mers et océans, elles sont canalisées sur de véritables autoroutes maritimes faisant l'objet d'une étroite surveillance. Les espaces maritimes sont aussi le support des flux humains et de flux de données.

Les flux de marchandises

- Reliant les grands ports de la mondialisation, les routes maritimes se croisent parfois et empruntent des passages rendus obligatoires par la géographie. Les détroits sont ainsi des espaces particulièrement fréquentés par les navires : Malacca, Bab-el-Mandeb, Gibraltar et Ormuz sont autant de points névralgiques, où la libre circulation doit être assurée pour la bonne santé de l'économie mondiale. Ces passages à proximité des côtes ne sont pas sans danger. En 1978, l'*Amoco Cadiz*, un pétrolier, échoue sur les côtes bretonnes, provoquant l'une des plus grandes marées noires de l'histoire. Le navire venait de traverser le golfe de Gascogne et l'une de ses tempêtes redoutées.
- Les navires de transport sont mis en circulation par des armateurs, acteurs essentiels du transport maritime international. On trouve parmi eux le français CMA-CGM et le danois Maersk.
- Il faut aussi penser aux flux illégaux, comme les routes maritimes de la drogue dans le golfe du Mexique entre l'Amérique centrale et l'Amérique du Nord.

Les flux humains

- Si l'époque des grands transatlantiques semble révolue, les navires de croisières développent une activité touristique particulière, construisant des hauts lieux du tourisme mondial comme les Caraïbes et investissant de nouveaux espaces pour touristes fortunés comme l'Arctique.
- Les flux humains sont aussi poussés vers la mer par des frontières terrestres devenues de plus en plus dures à traverser. La Méditerranée est empruntée par de nombreux candidats à l'entrée sur le territoire de l'Union européenne. Au fil des tragédies, elle devient un cimetière marin de ces populations. De hauts lieux des migrations marines apparaissent alors, comme l'île de Lampedusa au sud de l'Italie, première terre européenne pour nombre de personnes parties depuis la Libye sur de frêles embarcations.

Les flux de données

- Le développement des réseaux d'information mondiaux, comme Internet, a mis l'accent sur la nécessité de développer des « autoroutes de l'information » sous la forme de câbles en partie sous-marins. Environ 1,3 million de kilomètres de fibre optique sont ainsi installés au fond des océans.

Mots-clés à connaître

Conteneurisation

Désigne la tendance à l'utilisation du conteneur standardisé de 6 ou 12 mètres pour le transport des marchandises à travers le monde. Les modèles communs permettent une forte intermodalité, passant facilement d'un navire à la remorque d'un camion ou sur un wagon de fret. En 2018, ce sont plus de 795 millions de conteneurs qui ont été manutentionnés dans les ports sur la planète.

Façade maritime

Espace qui fait l'interface entre un avant-pays maritime et un arrière-pays terrestre. Sur un littoral, allant jusqu'à plusieurs centaines de kilomètres, un ensemble de ports constituent des espaces intermodaux de la mondialisation. Les infrastructures de transport terrestres assurent ensuite la desserte de l'arrière-pays, tandis que certains des ports s'affirment comme des métropoles d'importance régionale voire mondiale. Ces phénomènes se retrouvent au nord de l'Europe avec la Northern Range ou sur la façade occidentale des États-Unis, de Vancouver à la Californie.

Maritimisation

Phénomène qui voit l'accroissement des échanges internationaux par voie maritime. Si le phénomène prend une ampleur nouvelle dans les années 1970, il est favorisé par l'adoption du système du conteneur, boîte standardisée mise au point en 1956. Les navires ont aussi permis cette croissance, dans une dynamique de gigantisme : le *MSC Gülsun* peut ainsi transporter plus de 47 000 voitures en un seul voyage.

Routes maritimes

Ce sont les principaux itinéraires qui traversent les mers et les océans et qui sont empruntés par de nombreux navires. Les identifier signifie savoir les tracer et dire quels territoires sont reliés les uns aux autres par ces routes.

Lieu à connaître

Canal de Suez

Point de passage stratégique creusé entre 1859 et 1869, le canal est aujourd'hui la seconde porte de la Méditerranée, après le détroit de Gibraltar. Agrandi en 2015 pour faire face aux navires toujours plus grands, il constitue une ressource indispensable aux finances de l'État égyptien. Au cœur de l'arc des crises du Maghreb à l'Asie centrale, les pressions qui s'exercent sur la région sont fortes. Ligne de front pendant la guerre de Six Jours, il est fermé entre 1967 et 1975. Aujourd'hui, l'État égyptien s'inquiète du développement de mouvements désignés comme terroristes dans le Sinaï, qui peuvent menacer la sécurité du canal. Les approches en Méditerranée et en mer Rouge sont elles aussi très surveillées, avec la présence régulière de navires militaires occidentaux.

De nouveaux espaces maritimes

L'essentiel du cours

Les changements climatiques actuellement à l'œuvre ont des conséquences majeures pour l'espace maritime.

Changements climatiques et espaces arctiques

- Outre la montée des eaux qui devrait conduire à la submersion de certaines régions comme le delta du Mékong ou celui du Nil, les évolutions environnementales offrent de nouvelles perspectives au transport maritime. Autour du pôle Nord, la banquise ne cesse de se réduire, laissant les eaux libres pour la circulation des navires. Ainsi, la route du Nord-Ouest est d'ores et déjà empruntée par des navires de croisière pour faire découvrir les régions polaires, comme le Nunavut au Canada.
- Auparavant praticable uniquement l'été, le passage du Nord-Est, proche des côtes russes, a été pour la première fois emprunté par un porte-conteneurs danois en 2018, réduisant de treize jours le temps nécessaire pour relier la Northern Range à la façade maritime asiatique par rapport à la route empruntant le canal de Suez.

De nouveaux passages stratégiques ?

- Avec l'apparition de ces nouvelles routes, de nouveaux espaces s'avèrent stratégiques pour le contrôle et la surveillance des flux maritimes mondiaux. Le détroit de Béring apparaît comme un espace de rivalités entre les États-Unis, le Canada et la Russie, à l'heure où ces pays développent des stratégies polaires.
- Le creusement de canaux est encore parfois envisagé pour rendre plus aisée la circulation ou profiter pleinement de la manne financière que de nouveaux passages plus rapides peuvent procurer. Ainsi, le canal de Kra, projeté en Thaïlande, permettrait ainsi, en coupant le pays, d'éviter le détroit de Malacca. L'apport financier de la puissance chinoise permet à la Thaïlande d'envisager cette construction, tandis que l'Indonésie voit d'un mauvais œil le détournement d'une part du trafic maritime.

La fonte de la banquise pour de nouvelles ressources ?

- L'accès aux ressources de la mer est également facilité par la fonte des glaces, diminuant les investissements nécessaires pour l'exploitation.
- Elle entraîne une modification des écosystèmes qui peut dans certains espaces groenlandais augmenter les prises halieutiques. Ces ressources attisent alors la convoitise des pays voisins, tandis que certains espaces sont neutralisés, comme l'Antarctique. La question de l'exploitation des ressources dans le contexte de la mondialisation est un enjeu majeur.

Mots-clés à connaître

Nouvelles routes de la soie

Il s'agit d'une politique chinoise visant à organiser les axes majeurs de transports dans la mondialisation, en tentant d'en tirer le meilleur profit. Si ces routes sont terrestres vers l'Europe, notamment par l'établissement d'un continuum ferroviaire de Pékin à Londres, elle comporte aussi une réflexion maritime. Cela passe ainsi par l'établissement d'un réseau de ports et de facilités maritimes. Si la Chine réaffirme les objectifs économiques de telles installations, la crainte d'une utilisation militaire de ces installations provoque de fortes tensions diplomatiques. Ainsi la Chine installe à Gwadar au Pakistan des installations portuaires, suscitant l'opposition de l'Inde qui voit là ses deux voisins et rivaux s'allier pour un grand programme économique.

Traité sur l'Antarctique

Depuis 1959, la communauté internationale met en œuvre le Traité sur l'Antarctique qui interdit l'exploitation économique des espaces australs au-delà du 60e parallèle sud jusqu'en 2048. Si l'exploitation des ressources halieutiques ou souterraines ne semble pas être aujourd'hui à l'ordre du jour, une pression nouvelle se fait sentir pour ouvrir ces espaces à l'industrie touristique. Pour l'instant, la seule pratique scientifique y est menée, en terre comme en mer, notamment par le biais de l'Institut polaire Paul-Émile-Victor, établissement français.

Croquis à connaître

Les principales routes maritimes

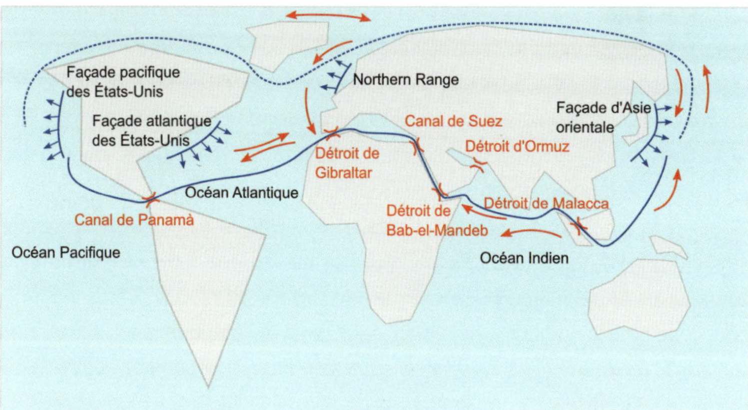

– principales routes maritimes
···· nouvelle route maritime de l'Arctique
principales façades
points de passage stratégiques
→ principaux flux matériels

Le droit et la mer

L'essentiel du cours

Les États sont en compétition pour l'usage et le contrôle des espaces maritimes. D'autres acteurs entrent en jeu, dont la multiplicité illustre la complexité de la mondialisation.

Des réflexions anciennes sur le droit de la mer

- Traditionnellement, le droit moderne trouve ses sources dans l'œuvre d'H. Grotius, juriste hollandais du XVIIe siècle dont le *Mare liberum* s'inscrit dans une réflexion autour des puissances maritimes à une époque où la Hollande est un des pays dominants avec l'Espagne et l'Angleterre. Il avance l'idée d'une liberté des mers, qui ne peuvent être propriété exclusive des États.

Une reprise contemporaine

- En 1918, le président Wilson intègre déjà les espaces maritimes dans sa réflexion sur la mise en place d'un monde nouveau après la Grande Guerre. En effet, il faisait de la libre circulation maritime l'un de ses 14 points pour assurer la paix future. Presque soixante-dix ans plus tard, les Nations unies commencent à définir un droit maritime international toujours en construction. La Convention des Nations unies sur le droit de la mer, signée à Montego Bay en Jamaïque, en 1982, est progressivement adoptée par 168 pays. Les États-Unis, poids lourd maritime, refusent néanmoins de parapher le texte. Il s'agit de délimiter les accès aux ressources tant halieutiques et énergétiques que minérales, mais aussi d'établir un droit de circulation, essentiel dans la mondialisation.
- La Convention prévoit la libre circulation dans les détroits mais surtout la mise en place de zones économiques exclusives (ZEE), d'une largeur de 200 milles nautiques (370 km) depuis le rivage. Celles-ci réservent au pays concerné l'exploitation des ressources de la colonne d'eau et du sous-sol. La France dispose par exemple de la deuxième ZEE en termes de surface au monde. Cette définition théorique simple se heurte néanmoins aux réalités géographiques, notamment lorsque la proximité des pays empêche une distance réciproque de 200 milles.
- Au sein de l'Union européenne, la Croatie et la Slovénie se disputent par exemple le contrôle du golfe de Piran. Celui-ci constitue la seule ouverture sur la mer de la Slovénie mais l'accès aux eaux internationales se fait par un corridor revendiqué par la Croatie. Les polices maritimes des deux pays verbalisent régulièrement leurs voisins respectifs pour pêche illégale.

Mots-clés à connaître

Parc naturel marin

Les parcs naturels marins sont des infrastructures de protection d'aires marines visant à en protéger l'état écologique et à définir et mettre en œuvre une exploitation durable en impliquant l'ensemble des acteurs du territoire et des filières marines, tout en valorisant ces espaces auprès du grand public. Le premier naît en mer d'Iroise en 2007.

Septième continent

Les océans sont centraux dans le système climatique planétaire, en constituant notamment des absorbeurs de CO_2. Le changement climatique a plusieurs conséquences : acidification et montée des eaux, modification des courants marins majeurs, etc. La biodiversité est mise à mal par la surpêche, mais aussi dans certains territoires par une aquaculture déversant de nombreux produits pharmaceutiques dans les élevages, contaminant ainsi les espaces naturels proches, notamment en Amérique du Sud. L'un des symboles médiatiques de la dégradation de notre environnement est le « septième continent », un amas de matières, en particulier plastiques, dans l'océan Pacifique sur plus de 1,6 million de km^2. Regroupant des déchets issus des pêches, mais aussi portés par les courants depuis les littoraux, ce dépotoir marin ne cesse de grandir.

Schéma à connaître

Les différentes zones maritimes du droit de la mer

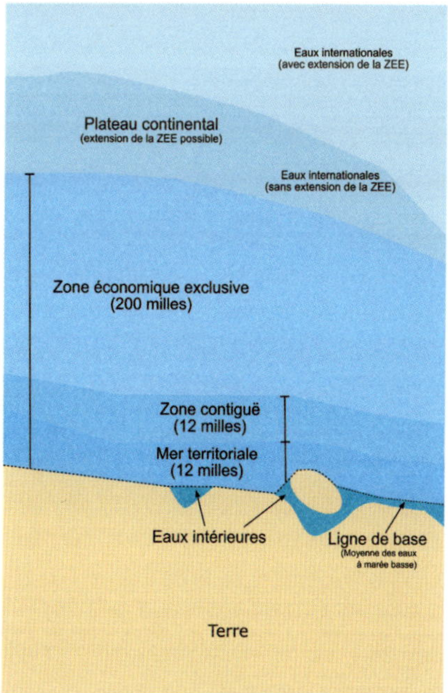

Les conflits d'acteurs

Les espaces maritimes peuvent entrer dans des conflits de souveraineté ou d'usage. Ils sont donc au centre de l'attention d'acteurs qui les considèrent comme des enjeux stratégiques à plusieurs échelles.

La gouvernance pour réguler les conflits

- Comme dans de nombreux domaines de gestion des espaces et des ressources, l'accent est mis depuis le début du XXIe siècle sur la mise en place d'une gouvernance, c'est-à-dire d'une gestion construite autour de plusieurs acteurs pour limiter les conflits et permettre un développement raisonné de l'espace. L'Union européenne semble à la pointe de ce processus avec une politique de planification de l'espace maritime visant à « garantir que les activités humaines en mer soient menées de manière efficace, sûre et durable » (Commission européenne).
- Les différents usagers de la mer sont encouragés à discuter de leurs approches respectives pour tenter de trouver un terrain d'entente. En effet, l'exploitation des ressources d'un même territoire peut parfois engendrer des tensions : ainsi, la mise en place d'éoliennes off-shore rencontre souvent l'opposition des pêcheurs qui voient interdire leur pratique économique dans certains de leurs espaces, mais aussi des résistances de la part d'une industrie du tourisme qui redoute une dévalorisation des paysages par l'ajout de ces grandes constructions à l'horizon. Ce fut le cas récemment en France dans la baie de Saint-Brieuc.

Des espaces belligènes ?

- La question de la place des espaces maritimes dans le déclenchement potentiel des conflits se pose aujourd'hui, dans un monde où l'économie repose sur la circulation des marchandises, et où toute limitation de cette dernière peut se traduire par une lourde crise pour les pays importateurs comme exportateurs. La menace que fait peser l'Iran sur le passage des produits pétroliers dans le détroit d'Ormuz conduit les États-Unis mais aussi les pays voisins à multiplier les exercices conjoints dans la zone.
- Les espaces maritimes sont toujours des espaces de marginalité avec la présence de piraterie. Si les années 2000 ont vu celle-ci s'implanter près de la Corne de l'Afrique, c'est aujourd'hui dans le golfe de Guinée et à proximité du canal de Malacca que se concentrent les attaques. Elles nécessitent la mobilisation des forces armées occidentales, par exemple l'opération Atalante, qui déploie des forces navales européennes au large de la Somalie.

Mots-clés à connaître

Détroit d'Ormuz

Il se situe dans le golfe Arabo-Persique, au Moyen-Orient. Il est placé sous la double souveraineté d'Oman et de l'Iran mais la libre circulation y est, en théorie, garantie par une convention des Nations unies.

Piraterie

Activité illégale qui perdure à la croisée des marges de la mondialisation (faible contrôle étatique, inégalités de développement) et des axes de transports (routes maritimes, passages stratégiques). La pratique de la piraterie diffère suivant les groupes et les espaces. Au début des années 2010, la Corne de l'Afrique voit une série de prises d'otages sur des équipages et des plaisanciers. La cargaison fait parfois l'objet des velléités des pirates, souhaitant négocier là aussi contre rançon auprès des assureurs et armateurs. Golfe de Guinée, îles de la Sonde ou encore certaines zones caribéennes sont d'autres espaces sujets à ces tensions. Pour contrer ces dynamiques, les marines occidentales déploient des unités au large en protection. Les enquêtes ont pu montrer l'importance pour les populations locales des ressources maritimes en voie de disparition : elles sont poussées vers la pratique de la piraterie pour subvenir à leurs besoins.

Porte-Avions

Navire central de la puissance maritime, complexe et coûteux, il permet de déployer sur tous les océans des éléments avancés du *hard power*. Une vingtaine sont aujourd'hui en service dont 11 pour les États-Unis au début de l'année 2020. Base avancée permettant de projeter la force de frappe aérienne sur de nombreux territoires, il fait aussi partie des schémas de dissuasion nucléaire.

SNLE

Les sous-marins nucléaires lanceurs d'engins sont les armes privilégiées de la dissuasion nucléaire. Discrets, menant de longues patrouilles océaniques, ils ont pour objectif de délivrer le feu nucléaire si la nation est attaquée. En France, seul le président peut donner un tel ordre. Les États-Unis, la Russie, la France, le Royaume-Uni, la Chine et l'Inde disposent de cet équipement à la pointe de la technologie et de la discrétion. Si la guerre froide est terminée, le jeu du chat et de la souris au fond des océans et à la surface continue, avec des SNLE mais surtout des sous-marins d'attaque. En 2014, la Suède signale la présence d'un navire non identifié dans ses eaux territoriales, tous les indices semblant concorder pour évoquer la présence d'un sous-marin russe.

Zone sous tension

Lieu où existent des conflits, des rivalités entre les acteurs, notamment les États riverains.

Les espaces maritimes stratégiques

L'essentiel du cours

Les détroits, canaux, îles et ports constituent souvent des espaces stratégiques à défendre pour les États.

Les passages stratégiques

- Les itinéraires des grandes routes maritimes empruntent des points de passage obligatoires, souvent resserrés par la présence de terres ou de hauts fonds. Les détroits, passages étroits entre deux espaces maritimes, sont souvent parcourus dans les deux sens, comme le pas de Calais, porte de la façade maritime de la Northern Range, mais aussi point de passage multimodal entre l'Angleterre et l'Union européenne.
- Les canaux sont des passages construits par la main de l'homme. Leur contrôle assure des revenus par le biais de taxes et péages. Le canal de Suez voit ainsi passer en moyenne 50 bateaux par jour, permettant à l'État de collecter 5 milliards de dollars en droits de passage par an.

Les îles

- La définition de zones économiques exclusives (ZEE) à partir de l'espace terrestre rend la maîtrise d'îles, même minuscules, essentielle pour agrandir les possessions nationales. De très nombreux conflits dans l'espace maritime sont liés à ces espaces insulaires.
- En 1982, l'Argentine envahit les îles Falkland, qu'elle revendique sous le nom de Malvinas (Malouines). La Grande-Bretagne réagit en envoyant un corps expéditionnaire, récupérant son territoire après une guerre provoquant plus de 900 morts, dont 255 Britanniques. Outre la défense d'une île qui compte aujourd'hui 3 200 habitants citoyens britanniques, il s'agissait de contrôler la sortie du passage du cap Horn au sud de l'Amérique et de potentielles ressources off-shore encore inexploitées.
- Certaines îles sont artificielles et correspondent à la volonté d'un pays d'agrandir son contrôle de l'espace maritime. C'est le cas de l'île de Yongshu en mer de Chine, récif corallien sur lequel des milliers de tonnes de terre et de béton ont été déversées par la Chine pour établir un aéroport militaire entre le Vietnam et l'Indonésie. Ce processus, répété en de multiples espaces, est vivement critiqué par ses voisins qui y voient une menace pour leur indépendance stratégique et craignent des revendications territoriales.

Les ports

- La maîtrise des axes maritimes doit se doubler d'une maîtrise des points nodaux que sont les ports. Ceux-ci adaptent leurs infrastructures à la mutation des transports, en particulier en développant des espaces en eaux profondes pouvant accueillir les plus gros navires, comme l'extension de Yangshan à Shanghai.

Mots-clés à connaître

Canal maritime

Passage d'eau artificiel reliant deux mers ou deux océans par le plus court chemin. Les deux plus importants pour le commerce mondial sont ceux de Suez et de Panamá.

Détroit

Passage étroit mettant en communication deux étendues maritimes. Les principaux détroits sont ceux d'Ormuz, de Malacca, de Gibraltar et du pas de Calais.

Point de passage stratégique

Lieu de circulation important pour les différents acteurs en jeu.

Senkaku, Diaoyu

Ces deux termes désignent un même archipel inhabité, en japonais et en chinois. Aujourd'hui propriété du Japon, cet archipel fait l'objet de revendications de la part de la République populaire de Chine et de Taïwan. Les incidents se multiplient depuis le début du XXIe siècle, ces îles permettant de contrôler l'accès au Pacifique depuis le littoral chinois, et de potentielles réserves d'hydrocarbures faisant miroiter une exploitation rentable de la ZEE afférente.

Terminal

Au sein des ports, les espaces sont souvent spécialisés en fonction des produits. Il existe ainsi des terminaux à conteneurs permettant, par la mise en place de portiques (grues), de charger et décharger les navires très rapidement, de façon à réduire le temps d'immobilisation des bateaux au port. Des terminaux pétroliers existent également, souvent à proximité directe d'un site industriel pétrolier, comme à Donges, dans l'estuaire de la Loire.

Zone Industrialo-Portuaire (ZIP)

Une zone industrialo-portuaire associe des activités industrielles et portuaires, s'intégrant pleinement à la littoralisation des activités dans la mondialisation. Ces espaces sont des pôles économiques majeurs dans les régions mais aussi à risque, comme dans le cas des raffineries.

Chiffres à connaître

- La 1re façade maritime mondiale est celle de l'Asie orientale. Plus de 50 % des conteneurs manutentionnés y transitent. Les deux plus grandes routes transocéaniques partent de cette région : l'une est transpacifique et l'autre relie l'Asie orientale à l'Europe.
- La principale route maritime suivie par les pétroliers est celle qui a pour origine le golfe Arabo-Persique à travers le détroit d'Ormuz. Plus de 30 % du pétrole mondial transite par ce petit passage d'à peine 40 km de large et 63 km de long, contrôlé par l'Iran et Oman.
- 13 des 20 premiers ports mondiaux sont chinois (4 en 2000).

Le golfe Arabo-Persique

L'essentiel du cours

Le golfe Persique est riche de sa tectonique, permettant la concentration de 40 % des réserves connues de gaz et 60 % de celles de pétrole.

Un espace maritime moteur de la mondialisation

- À partir des années 1980, le Qatar assure son développement par une forte exploitation de son gaz naturel, notamment grâce à la technologie de liquéfaction, qui permet le transport. Ainsi, Qatargas est la première compagnie productrice de gaz naturel liquéfié (GNL) à l'échelle mondiale. Le port de Ras Laffan emploie 30 000 personnes, qui veillent au refroidissement du gaz à −162 °C et à son chargement dans d'immenses méthaniers. Entre 1997 et 2015, cette exploitation a permis de faire passer le PIB du pays de 11 milliards à 165 milliards de dollars.
- À moyen terme, les États de la région cherchent néanmoins à couper le nœud gordien qui lie pétrole et développement car la rente pétrolière ne saurait être infinie.
- Dubaï apparaît à cet égard comme un modèle original : hub aérien, port de redistribution régional et lieu de développement du tertiaire supérieur dans un État de trois millions d'habitants.

Des pays sous tensions

- L'Iran, régionalement isolé, à majorité chiite, comme l'Irak, connaît de fortes tensions avec ses voisins à majorité sunnite, d'autant que les minorités religieuses sont nombreuses de part et d'autre. L'Arabie Saoudite, dirigée d'une main de fer par un régime sunnite, redoute les soulèvements populaires, notamment dans la région du Hasa, fief de la minorité chiite et où se situe le gisement de Ghawar (plus grand gisement on-shore de pétrole au monde). La menace iranienne, qu'elle soit fantasmée ou réelle, plane sur les relations diplomatiques dans la région.
- Enfin, les conflits interétatiques laissent souvent place à des conflits asymétriques, pour lesquels les acteurs locaux cherchent des supports à toutes les échelles. Ainsi, la guerre civile au Yémen, qui dure depuis 2014, s'est transformée en un conflit impliquant tous les acteurs de la région.

L'intervention de puissances extérieures

- Les Occidentaux entretiennent dans le golfe Persique des éléments militaires d'importance : la Ve flotte américaine est à Manama au Bahreïn, tandis que, dans l'océan Indien, sur l'île de Diego Garcia, sont stationnés des bombardiers à long rayon d'action, intervenus en Afghanistan en 2001. La France a installé une base à Abou Dhabi face aux missiles antinavires iraniens.

Dates à connaître

1984

Lors de la guerre qui oppose l'Irak à l'Iran (1980-1988), les deux États déplacent le conflit dans le détroit d'Ormuz : c'est la « guerre des tankers ». Les pétroliers deviennent des cibles de tirs d'obus et de mines. Il s'agit pour les deux États, et particulièrement pour l'Irak, d'empêcher les exportations d'hydrocarbures qui sont nécessaires au financement du conflit. L'État irakien entend exercer des pressions sur son voisin afin que ce dernier ferme le détroit d'Ormuz pour déstabiliser le commerce du pétrole. Cela entraîne en effet l'intervention des flottes occidentales, et notamment française, pour sécuriser le commerce international. Les États-Unis renforcent leur soutien à l'Irak et durcissent les sanctions vis-à-vis de la République islamique d'Iran. La guerre des tankers illustre les enjeux géostratégiques et géopolitiques qui entourent le détroit d'Ormuz à l'échelle régionale et internationale.

27 décembre 2011

Le régime iranien annonce que le pays fermera le détroit d'Ormuz en cas de sanctions visant les exportations iraniennes de pétrole, envisagées par plusieurs États : il s'agit de sanctionner plus fortement l'Iran en raison de la poursuite de son programme nucléaire, perçu comme une menace pour la paix dans la région du Moyen-Orient. Les autorités iraniennes n'ont finalement pas mis leur menace à exécution, car une fermeture aurait eu des conséquences importantes pour l'économie du pays.

Juillet 2019

En juillet 2019, la saisie d'un navire britannique par l'armée iranienne dans le détroit met le feu aux poudres. Cet événement s'ajoute en effet à la multiplication d'incidents qui ont endommagé plusieurs navires de commerce. L'administration américaine s'empare de ce dernier fait pour justifier l'application de nouvelles sanctions à l'égard de l'Iran et déployer des soldats en Arabie Saoudite.

Chiffres à connaître

- En 2018, selon l'Agence d'information sur l'énergie américaine (EIA), plus de 21 millions de barils de pétrole transitent chaque jour dans le détroit d'Ormuz, loin devant les détroits de Malacca avec 16 millions de barils par jour et Suez avec 4,6 millions de barils par jour.
- Le détroit mesure 33 km de large à son endroit le plus étroit, ce qui rend difficile la navigation. Cette distance est celle qui sépare l'Angleterre et la France au point le plus resserré de la Manche.
- 2 400 pétroliers empruntent en moyenne chaque année le détroit et une centaine chaque jour.
- L'Asie orientale est la 1re destination des flux pétroliers de la région, avec environ 40 à 80 % des exportations, loin devant l'Europe et les États-Unis.

La France, puissance maritime

L'essentiel du cours

Le domaine maritime français s'étend sur 10,2 millions de km², soit vingt fois le territoire terrestre ou quatre fois la Méditerranée.

Une géographie maritime de la France

- Grâce à ses territoires ultramarins, la France est présente dans les forums régionaux de la planète. Les Antilles et la Guadeloupe permettent une présence française dans les eaux américaines, la Polynésie française dans le Pacifique et les îles Kerguelen dans l'espace subantarctique. Cette dispersion du domaine à l'échelle mondiale s'accompagne de la fragmentation du territoire en archipels, notamment avec les 118 îles polynésiennes. Néanmoins, de larges parts de cette ZEE sont encore inexploitées, mal connues et parfois mal délimitées, car faisant l'objet de rivalités.

L'économie maritime

- Alors que les réserves d'hydrocarbures sont limitées en métropole, le domaine maritime offre des ressources fossiles importantes. Des prospections pétrolières ont par exemple lieu autour de Grande Terre en Nouvelle-Calédonie. La demande accrue de métaux pour les technologies de pointe, comme le cobalt et le platine, a également relancé les recherches dans le domaine maritime. Wallis-et-Futuna offre ainsi de riches ressources encore inexploitées.
- L'espace maritime est aussi propice au développement d'énergies renouvelables de différents types. Les éoliennes off-shore sont encore assez peu nombreuses. La France fut pionnière dans l'usage de la force marémotrice, avec l'installation d'une usine dès 1966 en Bretagne.
- Si le secteur de la pêche compte 16 000 marins, le nombre d'emplois induits est bien plus important, pour une valeur totale de 1,8 milliard d'euros.

Les limites du domaine maritime français

- La France est aujourd'hui dépendante des flux maritimes d'importation de pétrole brut et des gazoducs maritimes. Néanmoins, la diversification des approvisionnements, avec l'ouverture des exploitations en Arctique, favorise la résolution de ce problème. La situation de la France dans l'Europe lui permet en effet de contrôler des points de passage stratégiques, comme le rail d'Ouessant ou le pas de Calais. Marseille-Fos est la porte d'entrée des hydrocarbures et un carrefour sur la route de l'Asie.
- Il s'agit néanmoins de parvenir à renverser une tendance : la moitié des marchandises arrivant en France sont en effet débarquées par un port étranger, ce qui fait d'Anvers le « premier port français ».

Mots-clés à connaître

Industrie maritime française

La construction française se caractérise par son excellence tant dans le domaine de la plaisance, avec le groupe Bénéteau, que dans le domaine militaire, avec le leader européen DCNS. Avec la croissance des enjeux maritimes pour tous les pays, les exportations de matériel militaire sont en hausse, par exemple vers le Brésil ou l'Inde. Cette activité est essentielle pour certains ports français, comme Saint-Nazaire dont la vie économique est rythmée par les carnets de commandes navales.

Stratégie militaire française

L'historicité de la présence française, héritière des colonisations, engendre aujourd'hui une coopération militaire soutenue à travers le monde. Des installations portuaires peuvent ainsi accueillir les bâtiments de la Marine nationale, mais aussi abriter des instruments de surveillance et de contrôle par des patrouilles aériennes; la localisation de ces installations permet la maîtrise d'espaces essentiels à l'économie française dans le cadre de la mondialisation. La base navale de Djibouti permet, par exemple, de contrôler les flux empruntant la mer Rouge et le canal de Suez.

Chiffres à connaître

- La France apparaît comme la seule, avec les États-Unis, à disposer d'un porte-avions à propulsion nucléaire, ainsi que d'une présence continue de la force sous-marine de dissuasion nucléaire.
- La force de projection ainsi disponible fait de la France la 2e puissance navale. Néanmoins, dans un contexte de renforcement des flottes militaires dans le monde, les dépenses pour garder ce statut sont très élevées.
- À l'échelle nationale, le secteur maritime représente 310 000 emplois pour une valeur de 52 milliards d'euros. Les domaines concernés sont très divers: la recherche océanographique, la construction navale tant civile que militaire, le tourisme littoral, le transport maritime ou l'exploitation des hydrocarbures off-shore.
- Les armateurs français, en premier lieu CMA-CGM (3e transporteur mondial), comptent 1 200 navires, modernes comparés à la flotte mondiale, transportant 305 millions de tonnes et 12 millions de passagers par an.

Date à connaître

Juillet 2018

En juillet 2018, les députés français ont intégré la préservation des mers et des océans dans l'article 34 de la Constitution, qui fixe la liste des domaines dans lesquels la loi peut intervenir. Lors de sa visite sur les îles Glorieuses en 2019, Emmanuel Macron a annoncé que l'archipel sera classé en réserve naturelle dès 2020.

Les outre-mer français

L'essentiel du cours

Confettis d'empire, les territoires de l'outre-mer français offrent au pays des ouvertures sur tous les océans du monde.

L'importance des espaces ultramarins

- Chaque DROM apporte une ZEE, parfois riche en ressources. Ainsi, si la Nouvelle-Calédonie se place sur la carte mondiale de l'économie par l'exploitation du nickel, elle est aussi une grande productrice de crevettes destinées à l'exportation.
- Assurant des points d'appui à la Marine nationale dans le monde, ces territoires font l'objet de la présence, parfois minime, de forces de souveraineté. Concentrant 4 % de la population pour 19 % du territoire, l'ultramarin correspond à 96 % des ZEE, surface immense qu'il faut pouvoir surveiller, contrôler, et au besoin défendre contre les intrusions extérieures. Ainsi, 1 900 militaires sont déployés à la Réunion et à Mayotte, tout en étant en charge de la surveillance des Terres australes et antarctiques françaises (TAAF). La ZEE correspondant aux TAAF est en effet soumise à la pression de la pêche de la langouste par des navires asiatiques non autorisés.

Des espaces scientifiques et bientôt touristiques ?

- Les TAAF, largement inhabités, sont aujourd'hui des laboratoires à ciel ouvert permettant d'étudier les faunes et flores locales, mais aussi l'impact de la présence des êtres humains, notamment suite à l'introduction d'espèces invasives au début du XXe siècle.
- Des croisières sont organisées à bord du navire de ravitaillement des mers australes *Marion Dufresne*. Si les effectifs sont encore très faibles, ce phénomène illustre une tendance du tourisme mondial à se diriger vers des territoires encore relativement épargnés par l'industrie touristique.

Des conflits de voisinage

- La définition des ZEE et la souveraineté sur certains espaces sont aujourd'hui sujets à débats avec les pays limitrophes. Ainsi, l'État comorien continue de réclamer la souveraineté sur l'île de Mayotte depuis la partition en 1974. Les référendums sur l'indépendance de la Nouvelle-Calédonie font peser des menaces sur la souveraineté nationale française sur l'archipel. Avec Madagascar, c'est la question de la ZEE des îles Éparses qui est au cœur des discussions depuis les années 1980. La France reconnaît ainsi le statut d'île à Bassas da India, atoll des Éparses au cœur du canal de Mozambique. Elle affirme donc ses droits économiques tout autour. Or, ce statut est contesté car, à marée haute, l'ensemble de Bassas da India est submergé.

Mots-clés à connaître

Dépendance métropolitaine

L'économie des DROM est largement orientée vers la métropole française. Entre 50 % et 60 % des exportations y sont destinées. La question des inégalités y est aussi forte, Mayotte apparaissant comme le département au plus faible IDH (indice de développement humain). Si les salaires locaux sont souvent plus faibles que la moyenne nationale, les primes touchées par les métropolitains venant travailler dans ces territoires nationaux éloignés renforcent des tensions sociales parfois très fortes, comme en témoignent les grandes manifestations du LKP (collectif contre l'exploitation outrancière) en Guadeloupe en 2009.

DROM

La France compte cinq départements et régions d'outre-mer : la Guadeloupe, la Martinique, La Réunion, la Guyane et Mayotte. Les lois et les règlements français s'y appliquent de plein droit. La Guadeloupe et La Réunion sont à la fois un département et une région. La Martinique et la Guyane ont fusionné ces deux échelons pour former chacune une collectivité unique. L'île de Mayotte est un département français.

COM

La France compte six collectivités d'outre-mer, à savoir Saint-Pierre-et-Miquelon, la Polynésie française, Saint-Barthélemy, Saint-Martin, Wallis-et-Futuna et la Nouvelle-Calédonie. Ces territoires disposent d'un degré plus grand d'autonomie vis-à-vis de l'État français. La Nouvelle-Calédonie possède ainsi son propre gouvernement et une assemblée législative.

Polynésie française

Territoire d'outre-mer ayant accédé à un statut autonome en 1996. Celui-ci permet à l'assemblée de Polynésie française d'établir des « lois du pays », bien que les missions régaliennes demeurent sous le contrôle de l'État français. Ce territoire est composé de cinq archipels distincts et Papeete sur l'île de Tahiti en est le centre administratif et politique. L'isolement est double pour une partie des Polynésiens dans une perspective française, avec un éloignement de la métropole (Papeete en est à 17 000 km) et une dispersion régionale (les Marquises correspondent à une douzaine d'îles sur plus de 350 km du nord au sud). Cet isolement est un défi pour l'aménagement d'un territoire qui connaît de fortes inégalités de développement. Si l'économie bleue et le tourisme constituent deux de ses points forts, le développement se fait le plus souvent à l'écart des réseaux de la mondialisation.

TAAF

Les Terres australes et antarctiques françaises se divisent en cinq districts : Kerguelen, Crozet, Saint-Paul-et-Amsterdam, les îles Éparses (Europa, Bassas da India, Juan de Nova, îles Glorieuses, Tromelin) et la terre Adélie. Ces territoires sont inhabités et accueillent parfois des missions scientifiques.

Les centres de la mondialisation

L'essentiel du cours

Le modèle géographique des centres et des périphéries permet d'envisager le processus massif de mondialisation.

Les centres d'impulsion (ou pôles) de la mondialisation

- Les aires de puissance que sont l'Amérique du Nord, l'Europe de l'Ouest et l'Asie de l'Est (Japon, Chine littorale, Corée du Sud) sont les centres dominants de la mondialisation. Sur le plan économique, le modèle libéral et capitaliste s'y est largement développé. Ces aires représentent trois quarts des investissements directs étrangers (IDE) dans le monde, tandis que leurs firmes transnationales (FTN) sont au sommet de la hiérarchie mondiale.
- Les pratiques culturelles mondialisées en sont largement originaires : ainsi, la pratique du football est un des exemples de la mondialisation sportive au profit de l'Europe.
- Enfin, les sièges des institutions y sont situés (l'ONU à New York, l'OMC à Genève), et leur poids politique est prépondérant (droit de veto au Conseil de sécurité de l'ONU pour la Chine, les États-Unis, la France, la Grande-Bretagne et la Russie).

Les pays émergents (Brésil, Russie, Inde, Chine, Afrique du Sud)

- Ils s'affirment et bouleversent les hiérarchies issues du XXe siècle. Ils partagent des démographies jeunes et nombreuses (Chine : 1,3 milliard d'habitants) et une croissance économique rapide s'appuyant sur plusieurs secteurs forts (l'agriculture brésilienne, les services informatiques indiens, l'industrie chinoise).
- Si le niveau de développement leur permet d'atteindre un IDH (indice de développement humain) équivalent à l'Europe de l'Est (autour de 0,8), les inégalités y sont prégnantes : la Chine littorale contraste par exemple avec la Chine intérieure.
- Enfin, l'influence culturelle croissante de ces pays se remarque, par exemple, dans l'organisation des grandes manifestations sportives : Pékin a reçu les jeux Olympiques de 2008 et se prépare à ceux de 2022.

Des métropoles mondiales

- Londres, par exemple, dont l'agglomération compte 12 millions d'habitants, est un centre de commandement économique (quartier de la *City*), politique (Parlement britannique, Premier ministre) et culturel (British Museum, London School of Economics). Il s'agit d'un carrefour de communication (Heathrow, Eurostar, etc.), possédant une architecture mondialisée (verticalisation).
- Les dix premières métropoles sont concentrées dans les aires de puissance. L'ensemble des villes mondiales forme un archipel métropolitain mondial.

Mots-clés à connaître

Antimondialisation

Courant politique minoritaire qui souhaite une démondialisation des phénomènes économiques, sociaux et politiques. Les propositions politiques s'orientent alors souvent vers le nationalisme ou le communautarisme virulent.

Altermondialisation

Courant politique critique qui, face au développement de la mondialisation libérale, propose une autre vision du phénomène. Il prend en compte les impératifs environnementaux, d'égalité et de respect des droits humains pour résoudre les problèmes des marges. L'altermondialisme connaît une médiatisation forte avec des actions menées à la marge des sommets internationaux, comme à Gênes en 2001 contre le G8 ou à Hambourg en 2017 contre le G20. La crise économique de 2008, liée aux pratiques financières de grandes banques, a renouvelé la médiatisation de ces mouvements avec des variantes locales : Occupy Wall Street à New York ou les Indignados en Espagne.

CBD (*Central business districts*)

Ces « quartiers d'affaires » sont le plus souvent situés dans les villes mondiales. Les sièges sociaux des plus puissantes FTN (firmes transnationales) s'y concentrent. Le plus emblématique est celui de Manhattan à New York.

IDE (investissements directs à l'étranger)

Engagements de capitaux effectués en vue d'acquérir un intérêt durable, voire une prise de contrôle, dans une entreprise exerçant ses activités à l'étranger. Les IDE peuvent prendre trois formes principales : rachat d'au moins 10 % des parts d'une société exerçant ses activités à l'étranger ; implantation d'une entreprise hors du territoire national (par exemple, Renault au Maroc) ; réinvestissement sur place des bénéfices réalisés par une entreprise implantée à l'étranger.

IDH (Indice de développement humain)

Créé par le Programme des Nations unies pour le développement (PNUD) dans les années 1990, il permet de mieux mesurer les inégalités mondiales. Il est calculé à partir de plusieurs données : le RNB/habitant, l'espérance de vie, le taux d'alphabétisation et le taux de scolarisation des plus de 15 ans. Il n'a pas d'unité et sa valeur est comprise entre 0 et 1.

Puissances émergentes

Cette dénomination désigne les États qui ont connu une croissance économique rapide dans les années 2000. Les plus connus sont les BRICS (Brésil, Russie, Inde, Chine, Afrique du Sud) auxquels on peut ajouter d'autres pays comme l'Argentine, le Chili, la Turquie ou l'Arabie Saoudite.

Les marges de la mondialisation

L'essentiel du cours

La diversité des marges de la mondialisation ne permet pas de les considérer comme exclues du phénomène, mais plutôt comme étant plus ou moins intégrées.

Un gradient d'intégration

- Les pays pétroliers se sont largement intégrés à l'économie mondiale mais doivent dorénavant se diversifier pour maintenir leur place, comme le fait l'Arabie Saoudite avec l'ouverture au tourisme. Les pays ateliers ont un développement lent, dépendant des investissements des pays du Nord, qui profitent de leur main-d'œuvre peu chère.
- Les pays les moins avancés (PMA) sont à la marge de la mondialisation, avec des économies peu diversifiées, des exportations limitées à des matières premières et souvent une instabilité politique. Ils sont, de plus, à l'écart des grandes voies de communication par manque d'infrastructures. Pour des raisons idéologiques, la Corée du Nord reste fermée à la mondialisation en théorie, même si des échanges économiques ont lieu notamment avec la Chine, mais aussi avec la France (production de dessins animés).

Des marges à toutes les échelles

- La marginalité doit s'apprécier aux différentes échelles, permettant une analyse plus fine du phénomène de mondialisation. Ainsi, il existe également des marginalités au sein des États. Le phénomène de marginalisation d'une partie de la population est particulièrement visible dans les grandes puissances émergentes. Au Brésil, la région du Nordeste apparaît comme particulièrement périphérique dans la mondialisation, avec peu de perspectives économiques et un indice de développement (IDH) de 0,66 quand le Brésil est à 0,76. Dans le cas indien, les régions rurales du centre du pays restent très pauvres, tandis que des villes mondialisées comme Mumbai concentrent de très nombreux bidonvilles.
- Ces différences peuvent aussi exister dans les pays du Nord, par exemple en Italie, où le sud du pays reste à la marge, même si certains investissements comme le port de Gioia Tauro le situent sur la carte de la mondialisation.
- À des échelles locales, la mondialisation produit aussi de la marginalisation. Ainsi, si les frontières tendent à se fermer en Europe pour les populations des pays du Sud, la présence de populations immigrées vivant dans des conditions très difficiles, parfois employées au cœur des systèmes productifs mondialisés comme les serres agricoles espagnoles, vient nous rappeler le phénomène de mondialisation des migrations humaines.

Mots-clés à connaître

BNB (Bonheur National Brut)

Face aux difficultés de développement et contre le regard extérieur issu des grandes institutions internationales, le Bhoutan a développé cet indicateur, différent du PNB (produit national brut). Inspiré du bouddhisme, religion officielle du pays, ce type d'indicateur alternatif est aujourd'hui repris dans des études internationales, en dépit d'un certain nombre de failles (corruption, absence de démocratie ou problèmes économiques récurrents au Bhoutan).

IPH (indice de pauvreté humaine)

L'indice de pauvreté humaine, introduit en 1997 dans le *Rapport sur le développement humain*, se veut plus complet que l'IDH car il doit permettre une mesure plus fine des inégalités. Il utilise les indicateurs concernant les dimensions les plus fondamentales de la privation : l'espérance de vie faible, la carence d'instruction de base et le manque d'accès aux ressources publiques et privées. L'IPH est calculé séparément pour les pays en voie de développement et en transition (IPH-1) et pour un groupe choisi de pays à hauts revenus de l'OCDE (IPH-2), afin de mieux refléter les différences socio-économiques ainsi que les mesures très différentes de la privation dans les deux groupes. Par exemple, la première privation porte sur la survie, c'est-à-dire le risque de décéder à un âge relativement précoce, exprimé par la probabilité à la naissance de ne pas atteindre respectivement 40 et 60 ans pour l'IPH-1 et l'IPH-2. Outre les trois indicateurs mentionnés ci-dessus, l'IPH-2 comprend également l'exclusion sociale, qui est sa quatrième dimension. Il est exprimé par le pourcentage de personnes en chômage de longue durée.

PMA (pays moins avancés)

Cette catégorie est créée en 1971 par l'ONU à partir de trois critères : le RNB (revenu national brut) par habitant, l'importance de la production industrielle dans le RNB et le taux d'alphabétisation. Ces pays cumulent les blocages économiques et sociaux les plus importants, ils sont marqués par le faible développement.

Chiffres à connaître

- Il existe 48 PMA dans le monde dont 34 sont situés en Afrique, neuf en Asie, quatre en Océanie et un en Amérique. Ils étaient 25 lors de la création de la catégorie en 1971.
- Cinq pays ont quitté le groupe des PMA en raison de leur croissance économique : le Botswana en 1994, le Cap-Vert en 2007, les Maldives en 2011, les Samoa en 2014 et la Guinée équatoriale en 2017.

L'intégration régionale des territoires

L'essentiel du cours

La mondialisation peut être analysée par ses conséquences sur les territoires et par les relations qui lient ceux-ci.

Un phénomène de mise en concurrence à l'échelle mondiale

- La géographie économique a décrit une nouvelle division internationale du travail (NDIT) liée à la mondialisation. Les économies se spécialisent dans des domaines particuliers où les pays peuvent faire jouer leurs avantages comparatifs.
- Ainsi, les pays développés où la population active possède de hauts niveaux de qualification apparaissent comme les lieux de l'innovation et de la création industrielles. De grands technopôles regroupent par exemple les industries à la pointe de l'économie numérique, comme la Silicon Valley. D'autres pays se spécialisent dans la production à moindre coût des pièces détachées ou bien encore dans celle de matières premières. Les plus grands profits reviennent aux pays développés grâce à la valeur ajoutée de leurs produits. Si la Chine et l'Inde peuvent apparaître comme des puissances innovantes, les autres pays émergents peinent à suivre la course à la rentabilité.

La mise en place d'économies intégrées à l'échelle régionale

- La décennie 1990 apparaît comme riche en expérimentations. En 1992 sont signés le traité de Maastricht, qui institue l'Union européenne (UE), mais aussi l'Accord de libre-échange nord-américain (Alena). Ce dernier entre en vigueur en 1994, l'année de la création du Mercosur, communauté économique de cinq pays d'Amérique du Sud : l'Argentine, le Brésil, le Paraguay, l'Uruguay et le Venezuela (membres permanents).
- L'UE et le Mercosur veulent apparaître comme des entités politiques possédant une part de la souveraineté régionale. Seule l'UE concrétise en 2002 la mise en place d'une monnaie commune, l'euro. L'Alena, remplacé en 2020 par l'ACEUM (Accord Canada–États-Unis–Mexique), apparaît comme un espace de libre-échange bénéficiaire à la balance commerciale des États-Unis, responsable de la modification des territoires à l'échelle locale. Des *maquiladoras* émergent par exemple à la frontière américano-mexicaine.
- Lieux de négociations, ces organisations régionales sont aussi des lieux de tensions, notamment concernant les flux humains. L'UE a mis en place des programmes dédiés : Erasmus favorise la circulation des étudiants dans les pays de l'Union dans le but d'atteindre des niveaux de formation permettant d'être concurrentiels, tandis que l'agence Frontex conseille et aide les pays à limiter les flux de populations entrant dans l'espace communautaire.

Mots-clés à connaître

Euroscepticisme

Courant politique opposée à la construction européenne. Il peut exprimer une opposition complète à ce type de niveau supranational ou une volonté de changement des formes de la construction européenne. Différents partis eurosceptiques ont progressé dans les années 2010, le Rassemblement national en France, le Fidesz en Hongrie ou encore le PIS polonais. Au Royaume-Uni, la campagne du *Leave* l'a emporté lors d'un référendum en 2016, imposant la thématique du *Brexit* dans les discussions communautaires depuis. L'intégration régionale est remise en cause.

ALBA

L'Alliance bolivarienne pour les Amériques est une forme d'intégration régionale originale construite par les régimes proches de la gauche sud-américaine, comme la Bolivie, Cuba ou le Venezuela. L'originalité réside dans la critique de la mondialisation libérale, proposant une alternative à la Zone de libre-échange des Amériques (ZLEA) mise en avant par les États-Unis. L'ALBA se caractérise toutefois par les crises économiques de ses pays fondateurs, empêchant tout décollage économique dans le contexte de régimes parfois autoritaires.

ALENA

Association de libre-échange nord-américain (NAFTA en anglais). Depuis 1993, elle associe les États-Unis, le Canada et le Mexique pour former un vaste marché d'environ 400 millions d'habitants dont le PIB est comparable à celui de l'Union européenne. Après des renégociations commencées en 2018, l'Accord Canada–États-Unis–Mexique (ACEUM) remplace l'ALENA le 1er juillet 2020.

Maquiladoras

Usines de montage dont les propriétaires profitent des exemptions douanières et du faible coût de la main-d'œuvre.

MCCA

Marché commun centraméricain. Créé en 1960, il réunit cinq pays d'Amérique centrale.

MERCOSUR

Marché commun d'Amérique du Sud. Fondé en 1991, il réunit le Brésil, l'Argentine, le Paraguay, l'Uruguay et le Venezuela.

OECS

Organisation des États de la Caraïbe de l'Est. Créée en 1981.

UNASUR

Union des nations sud-américaines. Elle intègre depuis 2008 les deux principales unions douanières régionales (la CAN et le MERCOSUR) et regroupe les douze pays du continent sud-américain (mais pas la Guyane française). Créée pour faire face à la zone de libre-échange des Amériques voulue par les États-Unis, l'UNASUR se donne comme modèle l'Union européenne. Le Mexique et le Panama ont reçu le statut d'observateur.

L'archipel métropolitain mondial

L'essentiel du cours

En 1994, O. Dollfus identifie un « archipel métropolitain mondial » regroupant les mégalopoles d'Europe, des États-Unis et du Japon.

Des villes en réseau

- Les villes mondiales fonctionnent en réseau, multipliant les liens et les échanges entre elles. Certains géographes et sociologues identifient même la naissance d'une socialisation particulière pour une partie de la population mondiale qui profite le plus de la mondialisation. Celle-ci partage un ensemble de valeurs et de modes de vie, les métropoles mondiales étant leurs espaces privilégiés de résidence, de travail et de loisirs. Les personnes aux plus hauts revenus peuvent ainsi vivre entre New York et Tokyo en passant par Londres ou Shanghai.
- L'augmentation de la vitesse des transports permet d'imaginer une intégration régionale forte, dépassant les frontières nationales pour certains métiers du tertiaire supérieur (finance, assurances, etc.). Il n'est ainsi pas rare de voir à Paris au petit matin des personnes en partance pour une capitale européenne, dotées d'une petite sacoche, faisant l'aller-retour dans la journée ou ne dormant sur place qu'une nuit. Ils répètent ces migrations de travail de façon régulière, parfois hebdomadaire. L'intégration régionale réduit les temps de transfert sur les frontières, permettant l'émergence de ce type de pratiques.

Un espace fragmenté

- Si les métropoles mondiales se trouvent liées entre elles, les liens avec leur espace proche se relâchent. Cœurs politiques, économiques et culturels de la mondialisation, ils forment un « archipel » illustrant la fragmentation des territoires, les métropoles étant des îles dont les liaisons traversent des espaces vides.
- Dans les faits, les infrastructures reliant les métropoles à toutes les échelles produisent des effets dits tunnels en géographie. L'infrastructure bénéficie en effet aux métropoles, tandis que les inconvénients (emprise territoriale, nuisances sonores ou pollutions) sont supportés par les espaces traversés et non desservis. Cela s'observe particulièrement avec les lignes TGV qui traversent l'espace rural, coupant les propriétés agricoles, sans que des accès au réseau à grande vitesse européen ne soient possibles dans les gares locales. Seules les métropoles, avec leurs gares des lignes à grande vitesse, en profitent. Dans l'archipel métropolitain mondial, les métropoles s'isolent de leur espace proche pour se rapprocher entre elles.

Mots-clés à connaître

Village global

M. MacLuhan propose ce terme en 1962, en contrepoint à l'idée d'un « archipel métropolitain mondial ». Selon lui, l'accélération des communications et des échanges favorise les liaisons entre tous les êtres humains et toutes les sociétés.

Métropole

Terme polysémique, il renvoie ici à la « ville-mère », la plus grande ville d'un espace régional ou international. Cette ville se caractérise par la concentration des fonctions de commandement. À l'échelle internationale, le rayonnement scientifique, la présence d'institutions internationales, de centres de décision politiques et de centralités économiques sont essentiels. À des échelles plus petites, il est possible d'identifier des métropoles régionales par leur rayonnement sur des espaces de vie et leur poids démographique important.

Mégalopole

Appliqué d'abord à la *Mégalopolis* du Nord-Est américain, de Boston à Washington, le terme désigne une conurbation concentrant les fonctions de commandement. D'un poids démographique important, les métropoles y sont liées par de puissantes infrastructures de communications et de transports, portant l'économie et la puissance culturelle de leur espace régional. Les problématiques de tels espaces requièrent des outils de gestion à l'échelle régionale et non plus locale. Si les mégalopoles européenne et nippone ont été identifiées rapidement, de nouveaux ensembles mégalopolitains se développent aujourd'hui, sur le littoral chinois ou sur la côte occidentale des États-Unis.

Ville mondiale

Grande métropole qui concentre des fonctions de commandement et qui exerce une influence à l'échelle mondiale dans les domaines économique, financier, politique et culturel. Pour mesurer l'intégration des métropoles à la mondialisation, le *Global Power City Index* repose sur 70 indicateurs répartis en cinq domaines : économie, recherche et développement, interaction culturelle, « vivabilité », environnement et accessibilité. Voici les dix premières villes figurant dans le classement en 2017 : Londres, New York, Tokyo, Paris, Singapour, Séoul, Amsterdam, Berlin, Hong Kong, Sidney. Les trois villes mondiales les plus importantes, Londres, New York et Tokyo, sont au cœur de vastes mégalopoles.

La Russie, une puissance émergente dans la mondialisation ?

L'essentiel du cours

La Russie s'intègre dans la mondialisation libérale à la chute de l'URSS en 1991, qui représente la fin de la voie alternative qu'avait constituée le « bloc de l'Est ».

La Russie, un pays émergent ?

- République de l'URSS, la Russie a été au XXe siècle l'un des pôles d'une mondialisation concurrente au modèle capitaliste. Pour autant, avec la fin de la guerre froide, c'est une « thérapie de choc » qu'applique le ministre E. Gaïdar pour intégrer la Russie au monde capitaliste. Choc démographique (diminution de l'espérance de vie), choc social (paupérisation), mais aussi choc culturel (la Russie apparaît comme affaiblie), cette intégration au modèle dominant remet en cause le statut de puissance mondiale du pays.
- Une dynamique de résurgence de cette puissance est cependant à l'œuvre. La Russie a conservé sa place permanente au Conseil de sécurité de l'ONU et peut compter sur les ressources de son sous-sol pour s'insérer dans les réseaux de la mondialisation. Cela a néanmoins lieu au prix d'une dépendance : 30 % du PIB national est lié à l'exploitation du pétrole et du gaz. L'activisme politique de V. Poutine, de l'Arctique à l'Afrique en passant par l'Iran, replace Moscou comme métropole essentielle à la géopolitique internationale.
- Si une petite partie de la population s'est pleinement jetée dans la compétition capitaliste, en particulier les oligarques, les problématiques sociales minent la société russe. Des opérations d'une grande violence ont lieu, notamment en Tchétchénie ou en Ingouchie.

S'intégrer à la mondialisation

- Des groupes industriels dominés par quelques figures d'oligarques sont les fers de lance de l'économie russe, en particulier dans l'exploitation du pétrole, du gaz et des minerais (Norilsk Nickel). La place de ces figures individuelles dépend cependant du bon vouloir du pouvoir central qui redoute l'émergence d'une concurrence politique. Mikhaïl Khodorkovski a ainsi connu la prison pour avoir eu des velléités politiques alors qu'il était à la tête du géant Ioukos.
- La Russie a rejoint le G7, devenu G8 en 1997, et a intégré en 2004 l'Organisation mondiale du commerce. Elle participe aux travaux menés au sein de l'Organisation de coopération de Shanghai. L'activisme politique et l'interventionnisme dans son étranger proche (Géorgie, 2008 ; Ukraine, 2014) la conduisent néanmoins à s'isoler politiquement : elle n'est plus conviée, par exemple, aux discussions du G8.

Mots-clés à connaître

CEI (Communauté des États indépendants)

Créée en 1991 pour faire suite à l'URSS, elle rassemble d'anciennes républiques soviétiques, comme l'Azerbaïdjan ou le Kirghizistan. Censée assurer une bulle de développement économique, elle ne fonctionne que de façon très partielle. La prépondérance russe y est marquée. La Géorgie (2009) et l'Ukraine (2018), tentées par un rapprochement avec l'Occident, ont quitté la CEI, provoquant de violentes crispations avec leur voisin russe.

Nord Stream

Dans le cadre de son intégration à la mondialisation, la Russie cherche à s'assurer des infrastructures de transports contournant une Europe orientale jugée hostile (Pologne, Ukraine). Le projet Nord Stream participe de cette politique, reliant directement la région de Leningrad à l'Allemagne par un gazoduc sous-marin dans la Baltique. Si une première phase a abouti en 2012, la seconde fait l'objet de sanctions américaines et n'est pas terminée. Il semblerait, au début de 2021, que l'Allemagne pousse à la relance du chantier. Cette infrastructure apparaît essentielle pour l'entreprise Gazprom, leader russe, afin d'assurer son développement et des débouchés occidentaux.

Événement à connaître

L'annexion de la Crimée

Dans le cadre de son activisme politique, et profitant de fortes dissensions internes en Ukraine, la Russie de V. Poutine a annexé la région de la Crimée en 2014. Alors que le nouveau gouvernement pro-Union européenne s'installe à Kiev, des « hommes verts » prennent le contrôle des installations stratégiques de la péninsule de Crimée. Soldats russes n'affichant pas les couleurs de leur drapeau, ils participent à cette invasion qui ne dit pas son nom. Un gouvernement fantoche organise un référendum dès mars 2014 pour rallier la « république » de Crimée, rejointe par la ville de Sébastopol, à la Russie. La communauté internationale n'a de cesse de dénoncer un coup de force de la Russie. Celle-ci s'assure l'arrimage de son nouveau territoire par la construction d'infrastructures comme le pont enjambant le détroit du Kertch. Si la situation paraît stable aujourd'hui, les organisations de défense des droits humains continuent de dénoncer les atteintes aux populations locales et aux opposants à la russification de la péninsule. L'attention internationale s'est détournée plus au nord, dans l'est de l'Ukraine où les combats continuent entre les indépendantistes russophones soutenus par la Russie et l'armée nationale ukrainienne.

Chiffres à connaître

- 1 650 milliards de dollars : le PIB de la Russie.
- 17,1 millions de km^2 : la superficie de la Russie, plus grand pays au monde.

Le *hard power* à la française

L'essentiel du cours

La France se trouve dans une position de premier plan sur l'échiquier diplomatique mondial par sa position dans l'Union européenne, plus encore depuis le retrait du Royaume-Uni.

Une puissance diplomatique

- Membre fondateur de l'UE et central dans l'équilibre de celle-ci, la France compte dans l'arène diplomatique mondiale. Le réseau diplomatique français avec ses 162 ambassades constitue le troisième au monde, derrière les États-Unis (168) et la Chine (164). La participation en tant que membre permanent au Conseil de sécurité des Nations unies lui offre l'arme du veto dans les discussions mondiales.
- L'activité diplomatique française est à double tranchant à l'échelle européenne : si elle fait entendre une voix à l'échelle mondiale, elle limite tout autant l'émergence d'une voix singulière et unique pour l'Union, pourtant dotée depuis 2007 d'un haut représentant de l'Union pour les Affaires étrangères et la Politique de sécurité.

Une puissance militaire

- Au sein de l'Union européenne, la France apparaît comme la seule puissance militaire dotée d'une véritable capacité de projection de forces à l'échelle planétaire. Elle est seule à disposer, depuis début 2020, d'un porte-avions à propulsion nucléaire, technologie uniquement maîtrisée par ailleurs par les États-Unis. La capacité de dissuasion nucléaire autonome est également assurée grâce à une force océanique stratégique (SNLE, sous-marins nucléaires lanceurs d'engins). La capacité de projection de forces conventionnelles a en particulier été démontrée au Mali depuis 2013. À l'opération française Serval a succédé l'opération Barkhane à l'échelle du Sahel, assurée par une coalition européenne mais où seul le contingent français dépasse la centaine (jusqu'à 5 100 militaires).
- Un réseau de bases militaires est entretenu à l'échelle mondiale, installées sur des territoires français des DROM ou sur d'autres territoires en vertu d'accords bilatéraux : c'est le cas de celle de Djibouti, essentielle à la surveillance du trafic maritime du Moyen-Orient.

Une puissance économique

- Si la thématique de la crise économique est récurrente dans le débat public, l'économie française dispose d'atouts certains. Les industries chimiques, agroalimentaires et automobiles voient des entreprises françaises s'imposer sur le marché mondial, tandis que le secteur du tourisme confirme l'attractivité du pays. Le luxe, avec LVMH, ou le BTP, avec Bolloré, sont des ambassadeurs de l'économie française dans le monde.

Mots-clés à connaître

Délocalisation

Phénomène de changement de l'implantation territoriale des activités, les entreprises cherchant la rentabilité en déménageant leurs productions vers d'autres espaces, souvent dans les pays en développement où le coût de la main-d'œuvre est bas. Les territoires frappés par les politiques de délocalisation sont aujourd'hui en proie à une déprise économique majeure. Il s'agit souvent d'espaces dont l'industrialisation ancienne date de l'époque où la logique de proximité des sources d'énergie l'emportait dans la localisation des activités, comme le nord de la France. Les tentatives de rééquilibrage et les investissements peinent à faire sentir durablement leurs effets positifs. Le vieillissement de la population et le manque de formation se ressentent dans le taux d'emploi et de chômage.

Hard power

« Puissance dure ». Capacité d'un État à se faire respecter par la force ou la menace, notamment par des moyens économiques ou militaires.

Pôles de compétitivité/technopôle

Les pôles de compétitivité rassemblent des entreprises, des établissements de recherche et de formation sur une thématique ciblée. Ce dispositif a été créé en 2004 par l'État français dans le cadre du lancement d'une nouvelle politique industrielle : les pôles de compétitivité bénéficient de subventions publiques et d'un régime fiscal particulier. Sont distingués des pôles « mondiaux » et des pôles « à vocation mondiale » en fonction de leur visibilité internationale. Il existe aujourd'hui sept pôles de compétitivité mondiaux qui contribuent au dynamisme des métropoles françaises, parmi lesquels : Finance Innovation (pôle spécialisé dans l'innovation dans la finance) et Medicen (pôle des technologies innovantes pour la santé et les nouvelles thérapies), à Paris ; Lyonbiopôle, à Lyon, centré sur les activités pharmaceutiques ; Aerospace Valley, à Toulouse, qui porte sur l'aéronautique civile, l'espace et les systèmes embarqués. Ils ont pour objectif d'accroître la compétitivité de l'économie française dans la mondialisation. Il s'agit d'un label, que n'obtiennent pas tous les technopôles. Il ne faut donc pas confondre les deux notions : celle de technopôle, plus ancienne, est apparue dans les années 1970. En France, le premier exemple a été le Parc national d'activités de Sophia Antipolis. Dans les deux cas, il s'agit de désigner un lieu de concentration d'activités de recherche, d'enseignement et de production en vue de favoriser l'innovation dans les secteurs à haute valeur ajoutée, à l'initiative d'acteurs publics et privés.

Chiffres à connaître

- La France est la 7e puissance économique mondiale.
- Total est la 1re FTN française en chiffre d'affaires, la 5e entreprise d'Europe et la 24e entreprise mondiale.
- Paris-Charles-de-Gaulle est le 10e aéroport mondial avec 72,2 millions de passagers.
- La France possède le 2e plus grand réseau de lignes à grande vitesse en Europe.

Fiche 16

Le *soft power* à la française

La France cultive ses spécificités à l'intérieur du pays et diffuse dans le monde son influence culturelle.

Cultiver la spécificité française

- Comme bien d'autres pays, la France joue la carte du protectionnisme intérieur, « l'exception culturelle française ». Un ensemble d'aides et de subventions caractérise le système culturel français, comme la mise en place des scènes nationales dans des territoires en grande difficulté économique ou celle du prix unique du livre.
- À ce versant intérieur répond une politique volontariste à l'international, portée depuis 1883 par les Alliances françaises aujourd'hui au nombre de 811. Accueillant des artistes français et développant partout des activités liées à la langue et la culture françaises, elles incarnent la diplomatie culturelle dans le monde. Par ailleurs, 320 000 élèves sont scolarisés dans des établissements français à l'étranger, participant à la diffusion de la francophonie. Des médias francophones internationaux ont aussi été mis en place comme RFI et TV5 Monde.
- Les mobilités humaines sont également une marque de l'influence culturelle française : 1,8 million de Français sont installés à l'étranger tandis que, chaque année, environ 350 000 étrangers effectuent un séjour d'études en France, notamment par le biais du programme Erasmus+ de l'Union européenne.

Diffuser la culture française

- Tendance actuelle majeure, les institutions culturelles métropolitaines développent des filières à l'étranger, en particulier au Moyen-Orient, comme l'implantation du Louvre Abu Dhabi ou de la Sorbonne Abu Dhabi, non sans provoquer quelques critiques quant à une implantation dans des États peu respectueux des valeurs des droits de l'homme que la France se targue de promouvoir.

Le patrimoine, objet diplomatique ?

- Les « ors de la République » désignent cet ensemble de palais et de résidences dans lesquelles les institutions et les dirigeants politiques mènent à la fois la politique nationale et la diplomatie. La mise en scène des rencontres diplomatiques n'est jamais anodine, et les présidents de la République font ainsi un usage appuyé des fastes de Versailles. F. Hollande y reçoit le président Xi Jinping en 2014 et E. Macron accueille pour une visite d'État V. Poutine au Grand Trianon. Moment important, les repas sont tout autant gustatifs que politiques. La France a veillé à classer au patrimoine mondial de l'UNESCO la gastronomie française, excellente ambassadrice à travers le monde.

Mots-clés à connaître

Décentralisation culturelle

L'État n'est pas le seul acteur de l'influence française dans le monde. Si les institutions nationales des grands établissements publics et des collectivités territoriales participent bien sûr à l'influence française, il faut aussi intégrer l'usage du particularisme français au sein des entreprises françaises, en particulier dans le luxe ou l'œnologie. La dynamique sportive doit aussi être soulignée, des sports collectifs à la représentation dans les disciplines individuelles lors des jeux Olympiques.

Patrimoine

La notion a dérivé de « l'héritage obtenu de ses parents » vers une acception plus large, concernant un héritage du passé « dont nous profitons aujourd'hui et que nous transmettons aux générations à venir » (UNESCO). La France a consacré l'inaliénabilité de son patrimoine pour les collections nationales. Cela n'est pas sans poser de problèmes aujourd'hui alors que des pays étrangers réclament la cession d'objets obtenus lors de la colonisation ou la présence dans leurs collections de biens spoliés lors de conflits plus ou moins récents.

Soft power

« Puissance douce ». Capacité d'un État à se faire respecter sans recours à la force, par la négociation et la persuasion, notamment grâce à l'attractivité de sa culture, par exemple.

Lieux à connaître

Les monuments les plus visités en France

10 millions de personnes visitent en moyenne chaque année un établissement du Centre des monuments nationaux (CMN). Si la cathédrale de Notre-Dame de Paris est pour l'instant hors des parcours touristiques, l'Arc-de-Triomphe, l'Abbaye du Mont-Saint-Michel ou le Panthéon sont des attractions touristiques majeures. Hors de Paris, le patrimoine ancien, des châteaux de la Loire au Pont du Gard, fait du tourisme un élément important pour de très nombreux territoires. La capacité d'attraction des monuments pour l'industrie du tourisme a un impact économique non négligeable.

Chiffres à connaître

- Si le cinéma français ne peut rivaliser avec les capacités de production de Bollywood ou d'Hollywood, les exportations sont portées par quelques grands succès commerciaux. En 2018, les films français ont réuni 40 millions de personnes dans les salles obscures.
- Le français est la 5e langue mondiale.
- La France a le 3e réseau d'ambassades et de consulats au monde.

L'Union européenne, diversité et cohésion

L'essentiel du cours

La diversité de ses territoires et l'originalité de sa construction politique constituent certainement les principales caractéristiques de l'Union européenne (UE).

Points communs et diversité des territoires

- L'ensemble des territoires de l'Union partagent des points communs, avec en premier lieu l'attachement au fonctionnement démocratique. Il prend différentes formes, du modèle ancien de la monarchie parlementaire, au Danemark ou en Belgique, au modèle républicain, de la France à l'Estonie.
- La diversité économique de l'UE est importante, en particulier depuis l'intégration de l'Europe centrale entre 2004 et 2007. Le cœur économique, désigné par l'expression de « banane bleue », est constitué par la mégalopole européenne allant de Milan à Londres, en passant par Munich, Paris et Hambourg. Les espaces les plus éloignés du cœur sont les plus en retard en termes de développement économique. Il ne faut toutefois pas négliger l'émergence de métropoles spécialisées, comme les villes moyennes universitaires scandinaves, telle Lund, en Suède.

- L'indice de développement humain (IDH) évolue entre 0,938 pour l'Irlande et 0,811 pour la Roumanie, mais l'utilisation d'autres échelles fait émerger plus précisément la diversité. Sur les 281 régions identifiées par l'UE, le produit intérieur brut (PIB) le plus important se trouve au Luxembourg (78 500 €/habitant/an) et à Hambourg (RFA), tandis que c'est dans le Severozapaden (Bulgarie) et à Mayotte (8 800 €/habitant/an) que se trouvent les niveaux les plus faibles.

Un objectif de cohésion

- La réduction des inégalités est l'un des buts fixés par le Traité sur le fonctionnement de l'UE, pour obtenir « une croissance intelligente, durable et inclusive ». D'abord, il s'agit de développer les énergies renouvelables jusqu'à 20 % du total des énergies, en faisant diminuer d'autant les émissions de gaz à effet de serre. Pour ce faire, 3 % du PIB de l'UE doit être dédié à l'innovation et la recherche.
- Ensuite, le volet social est pris en compte puisque 75 % des 20-64 ans doivent accéder à l'emploi et 40 % être titulaires d'un diplôme de l'enseignement supérieur. Des politiques spécifiques visent à réduire la pauvreté et l'exclusion sociale. Les régions concernées sont celles dont le PIB est inférieur à 90 % de la moyenne européenne, l'accent étant mis sur celles dont les chiffres n'atteignent pas les 75 % de cette moyenne. Le FEDER (Fonds européen de développement régional) traite avec les régions pour financer les projets sélectionnés.

Mots-clés à connaître

Cohésion/Intégration

Ces notions, toutes deux centrales dans le programme de géographie de terminale, ne doivent pas être confondues. La cohésion désigne le caractère d'un ensemble dont les parties sont associées et solidaires entre elles. Ainsi, la cohésion économique, sociale et territoriale d'une communauté désigne l'ensemble des actions entreprises pour maintenir un équilibre et une harmonie entre ses membres dans les secteurs de la croissance, de l'emploi et de l'aménagement du territoire. Dans le cas de l'UE, c'est la politique de cohésion qui, en réduisant les disparités, permet l'intégration des territoires périphériques et en difficulté au centre dynamique formé par la mégalopole européenne. L'intégration territoriale est un processus d'incorporation de territoires au sein d'un ensemble dans une dynamique qui tend vers l'unité : de ce point de vue, l'Union européenne est à ce jour l'exemple d'intégration territoriale le plus abouti. Pour résumer, les notions de cohésion et d'intégration ne sont pas synonymes mais se font écho, du fait de leur relation de cause à effet.

Espace Schengen

Espace de libre circulation des personnes mis en place par un accord signé en 1985 entre l'Allemagne, la Belgique, la France, le Luxembourg et les Pays-Bas. Les extensions successives permettent aujourd'hui à 25 pays d'y participer, dont 3 sont hors de l'UE (Suisse, Norvège et Islande).

Fédéralisme/Unionisme

Depuis le début de la construction européenne après la Seconde Guerre mondiale, ces deux options politiques s'offrent aux décideurs politiques, provoquant des oppositions parfois virulentes, des blocages et des désaccords. Le fédéralisme suppose une délégation de la souveraineté des différents États partenaires auprès d'une institution souveraine. L'unionisme quant à lui suppose une stricte coopération entre les États de l'Union, sans qu'ils ne délèguent de prérogatives à des institutions tierces. Dans les faits, et par la nécessité de compromis, l'Union européenne se présente aujourd'hui comme une construction institutionnelle originale, comprenant des éléments fédéralistes et unionistes.

Gouvernance européenne

Mise en place de règles, de procédures et de pratique pour gérer l'espace européen de manière efficace et démocratique, par la coopération entre les différents acteurs, notamment les États et les institutions européennes.

Traité de Maastricht

Entré en application en 1992, il entérine le passage de la Communauté économique européenne à l'Union européenne. Ce changement de dénomination tend à signaler l'objectif d'une intégration politique plus complète, avec des transferts de compétences vers l'échelon supranational.

L'Union européenne, des territoires en compétition

L'essentiel du cours

Assurer la position de l'Union européenne sur le plan économique est un enjeu de taille pour l'appareil communautaire, dont les territoires se trouvent en compétition.

L'objectif de compétitivité

- Si la politique agricole commune (PAC) fixe, depuis 1962, les grandes orientations agricoles, la mondialisation a également mis au cœur des préoccupations l'innovation et le développement de pointe ces dernières années.
- La politique des *clusters* a été l'une des réponses de l'Union, motivée par la réussite de modèles américains comme la Silicon Valley. L'idée en est simple : concentrer dans un même espace tous les acteurs d'une filière économique particulière pour faciliter les échanges, réduire les coûts et promouvoir l'innovation. Les pouvoirs publics, par le biais d'agences de recherche et d'appels à projets, participent à leur mise en place en faisant appel au savoir-faire des firmes transnationales (FTN) mais aussi aux petites et moyennes entreprises (PME). Ainsi, à Lannion en Bretagne, sont regroupés un ensemble universitaire de 1 600 étudiants, des FTN comme Orange Labs ou Alcatel et près de 240 PME dans le domaine des télécommunications.
- Ce modèle est privilégié par l'UE, qui souhaite développer une multitude de pôles de compétitivité d'influence mondiale pour faire de l'Europe une zone centrale de l'économie de demain. Dans le domaine maritime, le Maritime Development Center (MDC), au Danemark, apparaît comme un leader mondial du commerce maritime.

Des flux internes

- Les flux intracommunautaires font de cet espace le premier pôle de l'économie mondialisée, bénéficiant de la mise en place d'une monnaie commune, expérience originale à cette échelle. Cette souveraineté monétaire est un levier d'action majeur, mais le libre choix d'adhésion à la zone euro en montre aussi les limites.
- L'intégration est également permise par les flux humains, l'une des grandes réussites plébiscitées par les jeunes étudiants étant le programme Eramus+ : en trente ans, neuf millions de personnes en ont bénéficié pour un séjour à l'étranger, du collégien au sportif de haut niveau. Attirer les meilleurs profils est au cœur de la compétition des territoires. Ainsi, à l'échelle du football, c'est l'arrêt Bosman (1995) qui va ouvrir la porte aux recrutements internationaux dans les clubs professionnels, ouvrant la voie à une surenchère des contrats et des transferts visant à s'attirer les services des footballeurs.

Croquis à connaître

Les territoires de l'Union européenne dans la mondialisation

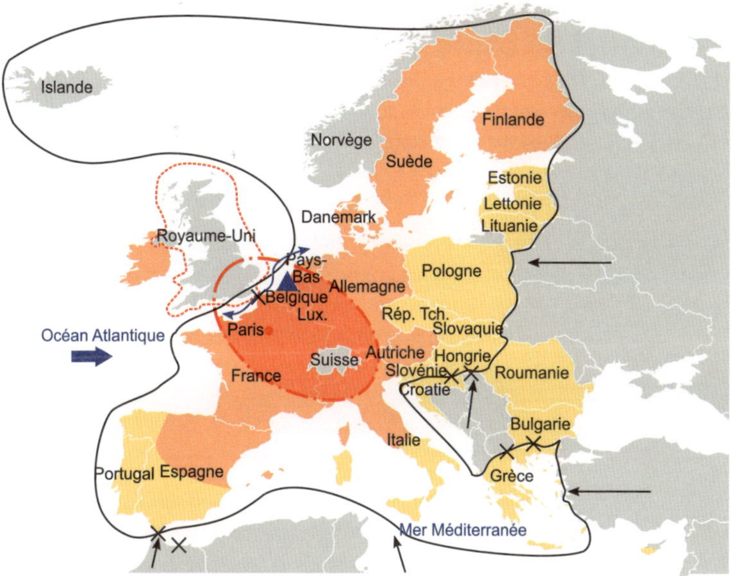

I. Une inégale intégration des territoires de l'UE dans la mondialisation

- Espace central européen, centre d'impulsion dans la mondialisation : le PIB par habitant y est supérieur à la moyenne de l'UE
- Proches périphéries très intégrées : le PIB par habitant y est dans la moyenne de l'UE
- Périphéries en cours d'intégration : le PIB par habitant y est inférieur à la moyenne de l'UE

II. Un espace ouvert sur le monde

- Mégalopole européenne, cœur économique de l'UE
- Paris, ville mondiale qui cumule les fonctions de commandement
- Northern Range, qui borde la principale route maritime européenne
- Rotterdam, 1er port européen et 11e port mondial
- Flux majeurs de la mondialisation

III. Des logiques de fermeture

- Royaume-Uni, un ancien État membre, qui a fait le choix de quitter l'UE (*Brexit* : 31 janvier 2020)
- Espace Schengen : un espace de libre circulation aux frontières extérieures renforcées
- Principales routes de l'immigration clandestine
- Dispositifs anti-migrants : principaux murs et clôtures

L'Union européenne, un espace mondialisé

L'essentiel du cours

L'Union européenne est l'un des espaces majeurs de la mondialisation, notamment grâce à son marché unique de 27 États.

Des *hubs* mondiaux

- L'Union européenne est aux premières places des échanges mondiaux. Roissy-Charles-de-Gaulle à Paris et Schiphol à Amsterdam appartiennent en effet au top 11 mondial des places aéroportuaires. Si une partie de leur activité concerne les échanges intracommunautaires, l'organisation en *hubs* permet une redistribution internationale par de grandes compagnies, comme Air France-KLM.

Des façades maritimes au cœur de la mondialisation

- Si la décennie 2010 a vu l'arrivée des ports de la façade maritime chinoise aux dix premières places du classement mondial, la Northern Range demeure l'un des grands espaces commerciaux. Sur le littoral de la mer du Nord, de Dunkerque à Hambourg, les ports se succèdent, assurant la desserte de *l'hinterland* de la mégalopole européenne.
- Le Rhin offre une route fluviale desservant le cœur communautaire et le réseau tant ferroviaire qu'autoroutier est extrêmement dense. Les liaisons y sont assurées avec l'ensemble du monde. Des ports très modernes, comme le complexe Maasvlakte 2, à Rotterdam, accueillent les plus gros porte-conteneurs et pétroliers.

Un espace de flux

- Les flux immatériels d'informations et de capitaux ont une traduction matérielle : les autoroutes de l'information sont constituées en grande partie de câbles sous-marins reliant les différents pôles de la mondialisation. Les flux de capitaux sont gérés depuis les grands espaces de la finance mondiale. Si le *Brexit* exclut la City londonienne de l'espace communautaire, Paris et Francfort sont des places financières d'importance mondiale. La proximité d'un certain nombre de paradis fiscaux, de Monaco aux îles anglo-normandes, attire régulièrement l'attention de l'opinion.
- La puissance médiatique européenne est certaine, avec une profondeur historique de la presse papier mais aussi des événements culturels mondialement renommés. Ainsi, une grande partie des disciplines sportives aujourd'hui pratiquées aux jeux Olympiques sont d'origine européenne. Les nations européennes brillent dans l'événement sportif le plus suivi : la Coupe du monde de football. Si la production cinématographique ne peut soutenir la comparaison avec la puissance hollywoodienne ou bollywoodienne (Inde), le cinéma mondial se tourne régulièrement vers l'Europe pour le festival de Cannes, celui de Berlin ou encore la Mostra de Venise.

Mots-clés à connaître

GAFAM

Acronyme des géants du Web (Google, Apple, Facebook, Amazon, Microsoft). Les FTN à la pointe de l'économie numérique sont américaines ou chinoises. Pouvoir encadrer leurs pratiques et affirmer une indépendance stratégique par la maîtrise des flux de données et du stockage des informations personnelles constitue un défi pour la puissance publique européenne. L'absence de stratégie commune affaiblit le discours politique sur l'encadrement des pratiques. L'Irlande apparaît comme un paradis fiscal pour les entreprises numériques, au grand dam des pays continentaux comme la France ou l'Allemagne, qui voient les recettes réalisées sur leur territoire domiciliées à l'étranger.

Traités de libre-échange

L'Union européenne est signataire de traités de libre-échange avec les autres puissances mondiales. Si la négociation est souvent difficile, ils apparaissent comme nécessaires dans un contexte de protectionnisme affirmé sous le mandat de D. Trump aux États-Unis. Le CETA (Accord économique et commercial global) est ainsi signé avec le Canada en 2016. Participant d'une mondialisation libérale, ce type de traité est fortement critiqué au sein des sociétés par les mouvements altermondialistes, qui y opposent des considérations sociales, environnementales ou encore de protection des productions locales.

Chiffres à connaître

L'Union européenne dans la mondialisation

- 27 États membres en 2020 et 7 pays candidats pour intégrer l'UE : Albanie, Macédoine du Nord, Monténégro, Serbie, Turquie, Bosnie-Herzégovine, Kosovo.
- 26 pays membres de l'espace Schengen.
- 9 régions ultrapériphériques (RUP) : les îles Canaries, la Guyane, la Martinique, la Guadeloupe, Mayotte, La Réunion, Saint-Martin, les Açores, Madère.
- 6,9 % de la population mondiale.
- 1re destination touristique, 1re destination migratoire, 1er émetteur et destinataire d'investissements directs étrangers (IDE), 1re puissance commerciale du monde.
- Plus de 64 % des échanges commerciaux sont réalisés entre États membres.
- 15,6 % des importations et exportations mondiales hors commerce intracommunautaire.
- La Northern Range, 3e façade maritime mondiale, accueille la moitié du trafic maritime de l'UE.
- 22 % du PIB mondial en 2019 (2e puissance économique du monde, derrière les États-Unis et devant la Chine).
- Les quatre plus grandes économies – Allemagne, France, Italie et Espagne – représentent 63,8 % du PIB de l'UE (2019).
- 19 pays membres de la zone euro : l'euro est la 2e monnaie mondiale pour les transactions financières (derrière le dollar).
- 50 % des dépenses sociales mondiales.
- La politique de cohésion est le 2e poste de dépenses de l'UE.

Europe ouverte ou fermée ?

En contrepoint de l'espace Schengen de libre circulation interne des citoyens, l'image d'une « Europe forteresse » s'est imposée.

L'espace des mobilités

- Les mobilités intra-européennes sont nombreuses, profitant de l'espace Schengen institué en 1995. Les pôles attractifs sont les grandes métropoles et les littoraux de la Méditerranée, de Barcelone à Dubrovnik, en passant par la France, l'Italie et leurs îles, dans le cadre du tourisme balnéaire et culturel.
- Le secteur du tourisme et de ses services a en effet un impact croissant, puisqu'il représente plus de 10 % du PIB européen. Celui-ci prend aujourd'hui des formats particuliers à la croisée des mondes du tourisme et de l'entreprise : les congrès et le tourisme d'affaires. Il importe d'attirer, en particulier, la clientèle à fort pouvoir d'achat que constitue la frange supérieure de la classe moyenne des pays émergents.
- L'Europe apparaît alors comme un espace régional ouvert, où le passage des frontières n'est parfois plus perceptible. Cette mobilité a été mise en scène dans *L'Auberge espagnole* (2002), film de C. Klapisch, par le prisme d'Erasmus.

Des murs et des camps

- L'envers du décor européen est la fermeture des frontières extérieures aux populations touchées par des crises politiques et économiques dans les pays en développement, en particulier de l'arc des crises de l'Afghanistan au Sahel. Les frontières extérieures se dotent d'un arsenal matériel de surveillance et d'intervention.
- L'Union européenne apporte un soutien direct aux pays de sa frontière sud pour limiter les entrées par le biais de l'agence Frontex, et finance la mise en place de camps de rétention aux portes de l'Europe. L'île grecque de Lesbos accueille ainsi 12 000 personnes dans des conditions déplorables.

Des opinions publiques partagées

- La thématique du terrorisme et la peur du passage de militants de groupes extrémistes ayant fait leurs armes dans les conflits du Moyen-Orient font de la question des migrations une question sécuritaire dans de nombreux débats publics.
- Pour autant, les pratiques sont différentes en fonction des pays. L'Allemagne a pu organiser l'accueil de plusieurs centaines de milliers de réfugiés dans un contexte de vieillissement de la population nationale.
- Des ONG identifient dans les pratiques de fermeture de l'UE une des causes de la mortalité des migrants, obligés de contourner les contrôles par des voies dangereuses.

Expression à connaître

« Europe forteresse »

Expression apparue dans le langage géographique pour identifier la dichotomie des politiques de libre circulation des personnes au sein de l'Union européenne. Si les frontières internes sont ouvertes, les frontières extérieures se ferment de plus en plus.

Lieu à connaître

Lampedusa

Petite île italienne, porte d'entrée de l'espace Schengen, devenue symbole de l'échec des politiques migratoires de l'Union européenne. Y sont débarqués les rescapés de traversées dangereuses. Symbole du laisser-faire européen pour l'extrême droite, l'île est de l'autre côté du spectre politique montrée en exemple : G. Nicoloni, ancien maire, est récompensé par l'UNESCO pour son activisme en faveur de l'accueil des migrants, réfutant l'existence d'une « crise ».

Chiffres à connaître

19 164

C'est le nombre de décès en Méditerranée selon l'Organisation internationale pour les migrations (OIM) entre 2014 et 2019. Certains points de passage sont particulièrement surveillés du fait de la proximité entre les littoraux. C'est le cas entre la Libye ou la Tunisie et l'Italie, ou entre la Turquie et la Grèce.

Erasmus en chiffres

Le programme européen sans doute le plus plébiscité est ce système permettant aux étudiants d'effectuer des séjours à l'étranger pour leurs études, donnant corps à l'idée d'une citoyenneté européenne et d'un partage de valeurs à l'échelle de l'Europe.

- 1987 : mise en place du programme.
- 34 pays participent aujourd'hui au programme, qui s'élargit donc hors des frontières de l'Union européenne.
- 22 millions : estimation de l'Union européenne du nombre de personnes qui auront bénéficié de ce programme en 2027, soit en 40 ans d'existence.
- 3 milliards : le budget dédié au programme Erasmus+ en 2019.
- 300 à 450 € : le montant de la bourse pour un étudiant français en stage Erasmus.
- 27 % des anciens participants du programme ont rencontré leur conjoint actuel pendant leur séjour à l'étranger. C'est aussi cela la construction européenne !

Les régions ultrapériphériques de l'Union européenne

L'essentiel du cours

L'Union européenne est la deuxième puissance économique mondiale, derrière les États-Unis. Cependant, les territoires qui la composent sont inégalement intégrés dans la mondialisation. Les périphéries éloignées ont un PIB bien inférieur à la moyenne européenne : c'est notamment le cas des régions ultrapériphériques (RUP).

L'Union européenne hors d'Europe

- Neuf régions sont désignées comme régions ultrapériphériques : la collectivité d'outre-mer de Saint-Martin, les DROM de la Martinique, de la Guadeloupe, de la Guyane, de la Réunion et de Mayotte, la Communauté autonome espagnole des îles Canaries et les régions autonomes portugaises des Açores et de Madère.
- Ces régions possèdent des caractéristiques communes : l'éloignement est leur première spécificité, même si les écarts sont importants entre elles. L'insularité est un phénomène majeur, y compris sous la forme d'un enclavement amazonien pour la Guyane. Les caractéristiques morphologiques des territoires et leur climat rendent leur intégration au développement capitaliste complexe. Pour autant, elles ne sont pas dénuées d'avantages comparatifs : tourisme, accès à la mer, développement spatial, etc.
- Grâce à ces RUP, l'Union européenne développe des relations de voisinage avec des puissances extra-européennes comme le Brésil. Il s'agit aussi de pouvoir régler des situations sociales et politiques majeures, comme la question de l'immigration aux Canaries. Ces territoires apparaissent en effet comme des portes d'entrée de l'Union et de l'espace Schengen.

Des politiques spécifiques

- Les RUP sont des laboratoires pour la réflexion sur la durabilité du développement, dans des régions connaissant souvent un delta important par rapport au niveau de développement de leurs métropoles respectives. Il s'agit pour l'Union européenne de favoriser le respect des normes et de veiller à la sauvegarde des réserves naturelles, notamment des stocks de ressources halieutiques.
- Les RUP s'avèrent également essentielles quant à l'indépendance stratégique des pays de l'Union européenne. Par exemple, une base de lancement de fusées doit se trouver à proximité de l'équateur, ce qui est impossible dans l'Union européenne, hormis en quelques endroits, comme Kourou en Guyane où est installé le centre spatial européen. Le caractère volcanique de plusieurs de ces espaces en fait aussi des zones d'expérimentation des technologies géothermiques.

Lieux à connaître

Les Açores

À 1 500 km de Lisbonne, 245 000 personnes peuplent cet archipel volcanique de neuf îles. Le PIB par habitant y est en moyenne inférieur d'un tiers au reste de l'Union européenne. Comme Madère, les Açores disposent d'une autonomie inscrite dans la Constitution portugaise et les affaires locales relèvent d'un Parlement régional (tourisme, santé, éducation, etc.). Dans cette ancienne région de pêche à la baleine, l'économie s'est réorientée vers l'agriculture et le tourisme. Sa situation dans l'océan Atlantique en fait un territoire idéal pour le développement de certaines technologies spatiales. N'y demeurent pas moins des problématiques majeures de chômage et de faible niveau de qualification. Depuis 2016, l'Union européenne octroie aux Açores une aide annuelle, en particulier pour le domaine maritime et agricole, mais aussi pour la formation professionnelle.

Les îles Canaries

Avec 2,1 millions d'habitants, l'archipel des Canaries se situe à la croisée des continents. Les difficultés sociales y sont importantes, et la région doit composer avec l'arrivée par la mer de candidats à l'entrée dans l'Union européenne depuis les côtes africaines. L'isolement y étant fort, l'archipel nécessite des investissements de la part de l'Union européenne, qui finance par exemple des hélicoptères pour les services d'urgence médicale. L'isolement constitue toutefois un avantage pour la recherche scientifique, notamment pour le développement de systèmes d'observation astronomique.

Le centre spatial de Kourou

Dans ce véritable port spatial mis en service en 1964, les installations sont à la pointe de la technologie. Sur l'équateur, la vitesse additionnelle liée à la rotation de la Terre y réduit les coûts de lancement, ce qui lui permet de surclasser ses concurrents de Cap Canaveral et Baïkonour. L'Agence spatiale européenne (ASE) y est responsable des lancements, tandis que la base est gérée par le Centre national d'études spatiales (CNES). Plusieurs industriels développent leurs activités sur place, comme Arianespace ou Air liquide spatial. Néanmoins, il existe une forte dissonance entre cette enclave technologique et un territoire guyanais qui se caractérise par de grandes difficultés sociales et économiques.

Chiffres à connaître

- 4,8 millions : nombre de citoyens européens habitant dans une RUP.
- 13,8 milliards d'euros : total des aides de l'Union européenne aux RUP pendant la période 2014-2020.

L'Allemagne, une intégration inégale

L'essentiel du cours

L'Allemagne est souvent identifiée comme la gardienne de la stabilité économique de l'Union européenne. Pourtant, ses territoires ne sont pas tous égaux face à la mondialisation.

Un pôle de la mondialisation

- L'Allemagne est un pôle de production industrielle majeur : l'axe rhénan fut un des bassins de la révolution industrielle et concentre, aujourd'hui encore, des activités essentielles. Avec des densités dépassant parfois les 600 habitants/km², le triangle Duisbourg-Dortmund-Cologne en constitue le cœur.
- Le pays possède une balance commerciale excédentaire : les productions allemandes s'exportent, avec des fleurons comme l'industrie automobile (Audi, Mercedes), profitant d'un accès aux marchés mondiaux par l'interface de la Northern Range (port de Hambourg).

Une armature urbaine de métropoles

- L'Allemagne connaît une organisation fédérale : les Länder ont une grande importance dans l'aménagement des territoires. Leurs capitales s'organisent en un réseau de métropoles, notamment à l'ouest du pays, comprenant des villes intégrées aux réseaux mondiaux comme Francfort, place financière (Bourse, Banque centrale européenne).
- Les métropoles concentrent des niveaux de qualifications élevés, recherchés dans l'économie mondiale, s'appuyant sur un réseau d'universités reconnues (Munich, Tübingen, Heidelberg).
- Le réseau autoroutier allemand, renommé pour son efficacité, est aujourd'hui vieillissant. Les métropoles sont néanmoins intégrées aux corridors européens, tant vers le nord (Copenhague, Oslo) que vers le sud (Vienne, Milan) ou l'ouest (Amsterdam, Londres).

Une Allemagne à deux vitesses ?

- Le processus de réunification entre RFA et RDA au sortir de la guerre froide (1990) n'a pas eu les résultats escomptés. Malgré plus de 1 300 milliards d'euros investis à l'Est pour permettre l'intégration aux réseaux économiques capitalistes, les inégalités avec la partie occidentale restent flagrantes.
- Le transfert du pouvoir politique à Berlin en 1991 ne s'est pas accompagné de l'installation de sièges sociaux d'importance dans la ville. Elle n'en connaît pas moins un développement culturel, la désignant comme « métropole de création culturelle » (B. Grésillon).
- La modernisation du tissu économique de l'Est s'est souvent traduite par des fermetures d'entreprises et des migrations internes. Les espaces délaissés font aujourd'hui l'objet de politiques de patrimonialisation.

Mots-clés à connaître

« Ostalgie »

L'ex-RDA se caractérise par des indicateurs socio-économiques inférieurs à ceux des Länder de l'Ouest. Politiquement, l'extrême droite y prospère, notamment l'AfD (Alternative pour l'Allemagne), sur un constat d'abandon et de déclassement social depuis l'intégration à l'Allemagne fédérale. Plus largement, une nostalgie du passé se développe, exploitée à des buts commerciaux. Des produits typiques de la RDA, comme la pâte à tartiner Nudossi, connaissent ainsi une renaissance. L'« ostalgie » peut alors se comprendre comme une forme de réponse aux échecs de l'intégration à la mondialisation.

Shrinking cities

La thématique des villes en décroissance s'est imposée dans le débat public avec l'exemple nord-américain de métropoles comme Detroit ou Cleveland, frappées par une désindustrialisation massive. Mais ces phénomènes sont tout aussi prégnants dans l'est de l'Allemagne, contrastant avec l'image d'un pays pôle de la mondialisation. Certaines villes de l'ex-RDA ont ainsi perdu jusqu'à 70 % de leurs habitants (Halle-Neustadt) et ont vu se multiplier les friches. Désindustrialisation, paupérisation, crises des finances locales sont le quotidien de ces espaces à la marge de la mondialisation mais au sein de la quatrième puissance économique mondiale. Ils sont parfois le laboratoire de nouvelles politiques, repensant la ville de demain à l'aune du développement durable.

Lieu à connaître

Berlin, une capitale culturelle mondiale alternative

La culture apparaît comme un des grands points forts de l'économie berlinoise, tout en s'affirmant comme « alternative ». Profitant d'une disposition spéciale faisant de Berlin-Ouest un espace dont les habitants ne pouvaient effectuer leur service militaire, la ville a vu se concentrer des populations jeunes à la recherche d'espaces d'expressions libres. Une forme de contre-culture s'y développe, particulièrement dans le quartier de Kreuzberg, attirant une jeunesse internationale à la recherche d'une contestation des ordres établis. Profitant de la vacance immobilière dans la partie Est après 1989, les squats se multiplient. Après une décennie d'illégalité, une tendance à la normalisation se fait sentir. Cette caractéristique fait néanmoins de Berlin une ville intégrée à la mondialisation, paradoxalement par la critique de celle-ci.

Chiffre à connaître

› 3 600 milliards de dollars : le PIB de l'Allemagne, qui en fait la quatrième puissance économique mondiale. Elle se caractérise par sa balance commerciale excédentaire.

Les régions frontalières françaises

L'essentiel du cours

La France possède plus de 4 000 km de frontières avec ses voisins, dont la plus longue dyade (segment de frontière entre deux États) la sépare du Brésil.

La diversité des frontières françaises

- Le caractère pluricontinental de la France explique les problématiques extra-européennes qui peuvent émerger de l'étude de ses territoires frontaliers.
- L'incarnation des frontières dans le paysage s'est parfois atténuée à la suite de l'entrée en vigueur des accords de Schengen en 1995. Toutefois, elles continuent de séparer légalement des zones aux politiques fiscales, sociales, ou environnementales différentes. Si l'Union européenne tend à une harmonisation des dispositions réglementaires, les territoires frontaliers offrent l'occasion de profiter de certains avantages.

Des espaces d'échanges

- Le réseau autoroutier européen offre de nombreuses voies de franchissement des frontières. Cependant, le territoire transfrontalier se construit d'abord par les acteurs qui y vivent et y travaillent. Ils peuvent agir en agents économiques calculant les coûts et profits qu'ils peuvent obtenir de l'effet frontière. Le Jura français offre par exemple des prix de l'immobilier bien moins élevés que Genève.
- Les frontières sont donc des lieux de passage quotidiens pour des travailleurs (mobilité pendulaire). Environ 40 % des habitants de Thionville franchissent ainsi quotidiennement la frontière avec le Luxembourg voisin. Les territoires frontaliers français sont les émetteurs de mobilités quotidiennes majeures vers l'Allemagne, de la Belgique ou de Monaco. Il ne faut pas non plus oublier les échanges illégaux aux frontières.

Des territoires communautaires

- L'Union européenne est un acteur majeur de l'aménagement des territoires transfrontaliers. Le programme Interreg concerne 54 espaces européens, dont 14 en France. Financé par le FEDER (Fonds européen de développement régional), il cherche à promouvoir de bonnes pratiques de développement.
- L'Union européenne finance des projets de transport à l'échelle locale qui ont parfois une haute valeur symbolique : en 1997 s'ouvre par exemple un réseau de tram franco-allemand entre Sarreguemines et Sarrebruck.
- Elle investit aussi pour protéger l'environnement : le Parc marin international des bouches de Bonifacio devrait par exemple voir le jour entre la Corse et la Sardaigne.

Lieux à connaître

L'eurométropole Lille-Kortrijk-Tournai

Depuis 2008, l'eurométropole Lille-Kortrijk-Tournai regroupe les autorités de Lille Métropole, du Hainaut occidental et du sud de la Flandre-Occidentale pour assurer un développement du territoire transfrontalier et faciliter la vie des habitants. Disposant d'un budget propre, elle s'occupe de plusieurs projets dans le domaine de la mobilité. Elle organise des connexions entre les différents systèmes et développe les emplois en favorisant les contacts entre entreprises et travailleurs de chaque côté de la frontière. L'eurométropole construit aussi une politique culturelle exploitant le potentiel de la frontière : en 2013 sont ainsi célébrés les « 300 ans de frontière » (traité d'Utrecht de 1713) pour mettre en avant une identité culturelle commune.

Une marge européenne : la Guyane

Ce département connaît une surveillance renforcée pour fermer la frontière avec le Suriname et le Brésil, contre l'immigration illégale et lutter contre l'orpaillage illégal. L'armée française est déployée dans cette marge de l'Union européenne pour tenter d'y faire respecter la loi malgré une géographie particulière, celle de la forêt équatoriale, et en l'absence d'infrastructures de transport modernes.

Le triangle Bâle-Mulhouse-Fribourg

Une région transfrontalière dynamique, exemple de coopération intracommunautaire (France et Allemagne) et extracommunautaire (Suisse). Chaque participant à la politique régionale fait valoir ses avantages comparatifs. Le territoire français peut mettre en avant un coût de la vie moins cher, la présence d'un aéroport, tandis que les marchés du travail allemand et plus encore suisse sont très attractifs. La maîtrise de l'allemand par un enseignement précoce dans les écoles du côté français permet de disposer d'une langue de travail commune. La coopération européenne transfrontalière est ici perceptible par les populations, qui bénéficient de l'effet frontière (achats, logements, emplois, services).

Chiffres à connaître

Les travailleurs frontaliers français

- 170 300 personnes traversent la frontière chaque jour pour la Suisse.
- 70 300 personnes sont domiciliées en France et travaillent au Luxembourg.
- 46 000 frontaliers passent en Allemagne chaque jour.

La structure du territoire français

L'essentiel du cours

L'espace français a été aménagé et mis en forme par les politiques publiques et par les effets des systèmes économiques. En 1947, J.-F. Gravier décrit le contraste entre Paris et le « désert » français.

Les dynamiques de la population française

- La macrocéphalie urbaine ne se dément pas : l'Île-de-France avec 2,2 % du territoire concentre 19 % de la population nationale ! En élargissant aux six régions les plus peuplées, 49 % de la population occupe 22 % du territoire. À l'échelle des communes, les chiffres de la densité révèlent que les extrêmes se situent en Lozère, avec moins de 15 habitants/km² et, si l'on excepte les départements franciliens, à Mayotte, avec 630 habitants/km².
- Les espaces littoraux français, en particulier dans le Sud et dans l'Ouest, sont particulièrement dynamiques, en opposition aux régions de l'industrialisation ancienne, qui connaissent une déprise assez forte dans le Nord-Est.

Les axes du territoire national

- Les grands axes peuvent être routiers, avec un réseau autoroutier dense, mais aussi fluviaux, notamment sur le Rhône au sud de Lyon. S'y ajoutent des lignes ferroviaires à grande vitesse, des lignes à très haute tension et des oléoducs qui forment un nœud stratégique français. Ces axes se combinent pour former des couloirs de circulation majeurs à l'échelle européenne.
- À l'échelle nationale, le réseau se dessine en étoile autour de Paris. Ainsi, l'A89, « autoroute des présidents », reliant Lyon à Bordeaux, est l'une des rares transversales du territoire français.
- Ouvert sur l'espace maritime mondial au nord par Le Havre et au sud par Fos-sur-Mer, Paris-Lyon-Marseille s'avère l'axe principal qui structure le territoire.

La diversité des territoires

- Les citoyens fréquentent en effet d'abord un territoire du quotidien qu'ils façonnent par leurs pratiques. Ainsi, les modes de vie des « néoruraux », d'origine urbaine, installés dans des zones identifiées comme rurales, modifient ces espaces.
- Des spécificités économiques locales permettent également de dynamiser des villes de taille moyenne, comme la construction navale à Saint-Nazaire ou le jouet dans le Jura. Mais ces territoires sont alors dépendants de l'activité qui irrigue l'économie locale. Ainsi, la crise sanitaire et économique liée à la Covid-19 en 2020 fait peser de lourdes craintes pour la région de Toulouse dont l'économie est largement tributaire du complexe aéronautique.

Mots-clés à connaître

Attractivité

Notion centrale dans la compétition des territoires, chaque région tente d'attirer les profils les plus avantageux pour s'inscrire dans les dynamiques économiques contemporaines. Cela passe notamment par des campagnes de marketing territorial, littéralement de la publicité pour les territoires.

Métropolisation

Concentration cumulative des populations et des activités économiques supérieures dans les plus grandes villes et formant des aires urbaines dont les marges périurbanisées dépendent des centres urbains. Paris, Lyon, Toulouse, Bordeaux, Rennes, Nantes et Montpellier sont les villes les plus dynamiques.

Lieu à connaître

Paris, capitale et petite ville mondiale

La ville se caractérise par sa domination du système économique national mais également par sa centralité politique, dont l'architecture garde trace : palais de l'Élysée, Palais-Bourbon et palais du Luxembourg sont les ors de la République. Les ambassades se côtoient au centre de la ville, tandis que les institutions culturelles majeures y rayonnent (Comédie-Française, Louvre, Centre Pompidou, etc.). Quelques kilomètres carrés urbains regroupent donc les plus hauts niveaux des hiérarchies économiques, sociales et culturelles du pays. La Sorbonne ou Sciences-Po demeurent des grands noms attachés à la rive gauche parisienne. Des pôles de compétitivité se sont également développés en particulier autour des aéroports.

La ligne Le Havre-Marseille

La géographie économique traditionnelle française a longtemps établi une ligne entre les deux grands ports français du Havre et de Marseille. Au nord de celle-ci se situaient les régions les plus industrialisées, notamment autour des bassins houillers du Nord ou du Creusot. À l'inverse, au sud de la ligne, les régions semblaient se caractériser par une activité agricole plus intense. Si l'industrie a pu se développer aujourd'hui au sud, cette ligne marque toujours les paysages des régions françaises, notamment à cause de la déprise de l'industrie lourde, multipliant les friches, par exemple en Lorraine. D'autres représentations géographiques ont néanmoins pu émerger, par exemple l'identification d'une géographie urbaine et régionale française sous la forme d'un cyclope : la France représentant le visage, dont l'œil unique disproportionné est Paris, et le sourire l'arc littoral allant de Rennes à Lyon en passant par Toulouse et Montpellier, un espace très dynamique dans l'économie tertiaire et la production à haute valeur ajoutée.

Chiffres à connaître

- Superficie : 634 734 km^2.
- Population : 67 848 156 habitants.
- PIB par habitant et par an : 34 440 euros.

Fiche 25

L'inégale intégration dans la mondialisation du territoire français

L'essentiel du cours

Les territoires de France sont inégalement intégrés dans la mondialisation.

Les régions frontalières françaises

- Ce sont, avec Paris, les régions les plus dynamiques dans les échanges quotidiens à l'international. Par des mobilités humaines, mais aussi des circulations économiques et financières, elles sont le fer de lance de l'intégration européenne. Or, c'est par l'Europe que la France s'ouvre au monde, grâce à un marché commun de plus en plus intégré.
- Roissy–Charles-de-Gaulle est une autre plaque tournante, notamment parce que l'aéroport est une porte d'entrée touristique. Les axes du tourisme ont structuré une part de l'inconscient collectif français, comme la nationale 7, « route des vacances ».

Des spécificités territoriales valorisées par la mondialisation

- La présence d'un monument historique particulièrement renommé comme le Mont-Saint-Michel est un levier d'intégration touristique à la mondialisation.
- Il existe également des pratiques locales traditionnelles protégées par l'action de l'État. Ainsi, les AOC et AOP sont des labels garantissant une origine géographique contrôlée ou protégée, permettant par exemple aux vins français de défendre leur domination sur le marché international. Le luxe discrimine positivement les territoires français : Épernay, où siègent de grandes maisons de champagne, est ainsi une étape régulière des touristes asiatiques.

Des territoires perdants de la métropolisation

- L'un des critères majeurs de la métropolisation est l'accessibilité par TGV, qui établit de petits archipels métropolitains nationaux. L'éloignement de la gare est en effet un critère discriminant pour l'accès aux échanges européens. Le Massif central, par exemple, se trouve souvent à plus d'une heure de route de la première gare TGV, tout comme une grande partie des départements normands.

Les marges ultramarines

- Elles se caractérisent par la relation de quasi-dépendance qu'elles entretiennent avec la métropole. Leur intégration nationale semble donc avoir lieu aux dépens de leur intégration internationale.
- Leur intégration ne permet d'ailleurs pas de gommer des inégalités très fortes. Mayotte apparaît comme le département le plus pauvre de France, tandis que les problématiques d'équipements hospitaliers ont été mises sous le feu des projecteurs en Guadeloupe à l'occasion de la crise de la Covid-19.

Croquis à connaître

L'intégration des territoires français à l'Union européenne et à la mondialisation

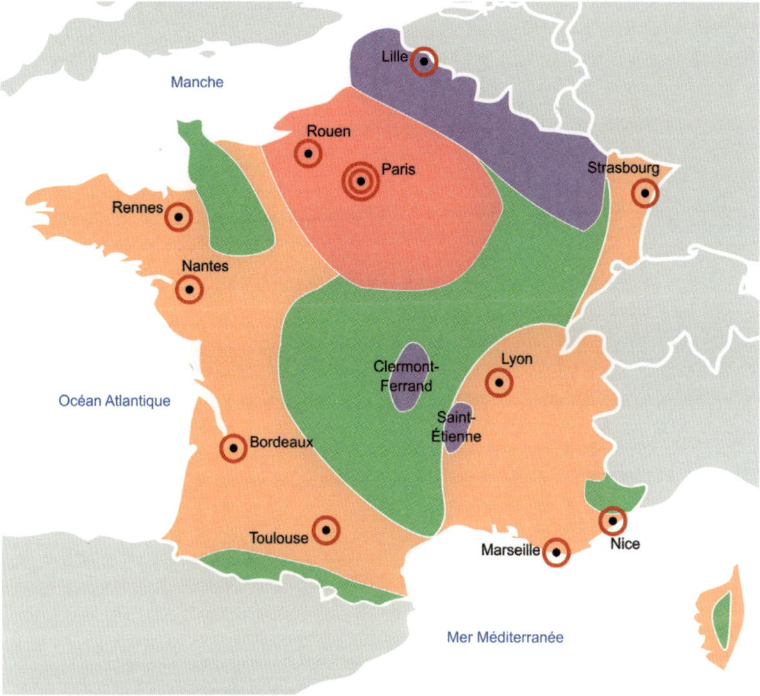

I. les territoires gagnants de l'intégration dans l'UE et la mondialisation

- Paris, capitale française et ville mondiale
- grandes métropoles
- cœur du territoire national, très actif
- périphéries très intégrées

II. les territoires perdants de l'intégration dans l'UE et la mondialisation

- territoires touchés par la désindustrialisation
- périphéries faiblement intégrées

Les dynamiques urbaines

L'essentiel du cours

La concentration accrue des activités supérieures dans les métropoles tend à modifier en profondeur le tissu urbain mais aussi les relations sociales qui la composent.

La modification des tissus urbains

● L'une des grandes thématiques actuelles de la géographie est l'étude de la gentrification des métropoles, provoquée par le départ des classes sociales populaires des centres-villes, et dorénavant des banlieues proches. Évincées par l'augmentation des loyers, ces populations laissent place à des catégories plus aisées.

● La ville française est donc aujourd'hui un lieu d'inégalités sociales majeures et de lutte pour l'espace entre les catégories sociales. Celles-ci connaissent aussi une tendance au repli sur soi, comme a pu le démontrer É. Charmes, qui décrit une « clubbisation » de la ville, dans les centres, les banlieues ou le périurbain, avec la constitution de quartiers ou de communes socialement uniformes.

Le marketing urbain en action

● Dans le cadre de la mise en concurrence des métropoles pour attirer les entreprises les plus performantes, en particulier dans le secteur des services, les acteurs locaux multiplient les politiques volontaristes pour mettre en valeur leurs atouts.

● L'accessibilité étant essentielle, une gare TGV en lien direct avec la capitale est indispensable pour ces métropoles. Ainsi le projet EuroRennes prévoit dans la capitale bretonne le réaménagement du quartier de la gare en lien avec la réfection des voies ferrées qui permettent aujourd'hui d'accéder à Paris en 1 heure 35. Ces projets « Euro » se sont multipliés : Euralille avec l'arrivée de l'Eurostar dès 1994, EuroMéditerranée à Marseille, etc. Et les projets de marketing territorial voient le jour à l'échelle urbaine, comme à Lyon autour du projet « Only Lyon ».

● Ces stratégies s'appuient aussi souvent sur de grands projets d'aménagement, comme la réappropriation de l'île de Nantes pour en faire un nouveau cœur de ville. Cela passe aussi par la mise en avant d'une vie culturelle attractive, essentielle lorsque l'on s'adresse à une population diplômée à forte consommation de produits culturels. Nantes a pu compter sur l'accueil de compagnies d'art de rue à la renommée internationale comme Royal de Luxe et le développement des Machines de l'Île, au point de faire de l'éléphant mécanique un symbole de la métropole de Loire-Atlantique.

Mots-clés à connaître

Banlieue

Désigne une périphérie de la ville en continuité de celle-ci. Souvent identifiées comme des espaces à problèmes par les discours publics, les banlieues recouvrent une très grande diversité des situations. Si la « politique de la ville » s'attache à l'intégration de celles qui sont identifiées comme concentrant les difficultés économiques et sociales, la répétition des plans et des annonces publiques souligne la pérennité de ces questions.

Gentrification

Processus socio-spatial de départ des classes sociales populaires des centres-villes et des banlieues proches, laissant place à des catégories plus aisées. La gentrification se déroule en plusieurs étapes, avec des populations développant des « fronts pionniers », notamment à partir des étudiants qui, attirés par un coût plus faible du logement, s'installent dans les quartiers populaires. Développant des activités culturelles et des lieux de sociabilité nouveaux (associations, bars, restaurants, etc.), le quartier attire alors une population de plus en plus aisée. L'action des promoteurs immobiliers fait le reste, en multipliant les opérations faisant grimper les prix. Mécaniquement, les couches populaires du quartier se trouvent évincées à cause de l'élévation du prix des loyers.

Périurbanisation

Désigne littéralement l'urbanisation « autour », cet étalement urbain qui touche les communes périphériques. Si les formes peuvent en être diverses, celle du lotissement apparaît comme un point commun à l'ensemble des villes françaises, tout comme l'établissement de zones d'activités et commerciales à proximité des axes de transport. Cette dynamique urbaine a pu être critiquée pour l'uniformisation des entrées de ville peu seyantes, entre hypermarchés, entrepôts et larges panneaux publicitaires.

Rénovation urbaine

Politique de destruction des anciens logements considérés comme insalubres ou ne correspondant plus aux attentes urbanistiques actuelles. Cela a souvent pour conséquence une augmentation des prix du foncier dans les nouveaux logements construits.

Chiffres à connaître

- 80,69 % de la population française vit en zone urbaine. Ce chiffre connaît encore aujourd'hui une croissance faible mais régulière.
- 10 000 € est le prix moyen d'un mètre carré à l'achat d'un bien immobilier à Paris. Soit une augmentation de 248 % par rapport à l'an 2000. Ce chiffre explique la difficulté pour les classes moyennes de se loger dans Paris intra-muros.
- 300 000 personnes sont sans domicile fixe selon la Fondation Abbé Pierre en 2020. Ce chiffre, qui a doublé depuis 2012, révèle la gravité du problème du logement en France. Parmi elles, 11 000 s'abritent dans des bidonvilles qui s'intègrent dans les interstices de l'urbain (friches des infrastructures de transports, zones inondables, etc.).

Les inégalités régionales

L'essentiel du cours

C'est souvent à l'échelle de la région que se construit l'espace de vie des populations, appuyé sur l'usage de la voiture comme moyen de transport. Or, des inégalités régionales existent en France.

L'échelle de la région

- La région est devenue une réalité administrative avec les politiques de décentralisation liées aux lois Deferre de 1982 et 1983.
- Le transfert de compétences comprend aujourd'hui la gestion des déchets, des plans de développement économique et la régulation des mobilités interurbaines. Les régions sont toutefois inégalement investies par les populations, certaines faisant l'objet d'une identité forte (Corse, Bretagne, Alsace) et d'un attachement important.

Des recompositions inégales

- Si une métropole régionale peut bénéficier d'opérations urbaines majeures, les avantages ne peuvent souvent concerner l'ensemble d'une région. Par exemple, l'essor touristique déclenché par l'installation du Louvre-Lens ne suffit pas à redynamiser la région touchée de plein fouet par la fermeture des activités industrielles depuis les années 1970-1980. Les régions évoluent également en développant des spécificités économiques, comme la chimie sur le Rhône ou l'agroalimentaire dans l'Ouest.
- La réforme de 2016, qui a fait passer le nombre de régions administratives de 27 à 18, définit de nouvelles régions, mais celles-ci ne correspondent pas toujours à la façon dont les habitants s'approprient l'espace. Cela conduit certaines d'entre elles à un déficit d'appropriation, par exemple la Nouvelle-Aquitaine. De plus, la centralisation française se fait sentir. Cela pose par exemple problème dans le cadre de la région Normandie, résultat de la fusion de la Basse et de la Haute-Normandie, mettant en compétition les villes de Caen et de Rouen pour le statut de métropole régionale.
- Enfin, la naissance d'une fiscalité propre décidée par le conseil régional fait apparaître des disparités de richesse et de développement entre les régions françaises. Ainsi l'indice de développement humain (IDH) de Mayotte n'est que de 0,781 en 2018 quand celui de l'Île-de-France est à 0,937.

L'émergence de nouvelles régions ?

- Dans le cadre de la construction européenne, des régions sont envisagées à des échelles plurinationales. Une réflexion est ainsi menée autour de l'Arc atlantique pour rassembler les régions du littoral partageant des problématiques communes, concernant notamment les transports maritimes ou la pêche.

Mots-clés à connaître

Décentralisation

La France apparaît comme un pays jacobin, centralisé autour de sa capitale. Les lois Defferre (1982-1983) font rupture en proposant un transfert des compétences des services de l'État vers les collectivités territoriales. Celles-ci, disposant désormais d'une autonomie budgétaire, voient leurs compétences se diversifier, du logement à l'urbanisme jusqu'à l'action sociale. Cette dynamique pose toutefois la question de ressources inégales pour les collectivités, et la difficulté à lutter contre le déclassement économique et social pour des collectivités aux ressources financières fragiles.

Déconcentration

Processus politique de délégation des pouvoirs et des moyens de décision vers des autorités administratives opérant à l'échelle locale. Il s'agit de rapprocher la décision du terrain où elle s'applique pour une meilleure appréciation des conditions locales par les représentants de l'État (préfets, secrétariat des préfectures). Ce processus administratif enclenché en 1964 a pu profiter à l'affirmation de métropoles régionales accueillant ces services déconcentrés : directions régionales de l'Équipement, de l'Agriculture ou du Travail, par exemple. Des « métropoles d'équilibre » sont ainsi désignées comme Lille, Nancy, Clermont-Ferrand, Dijon ou Nantes. Mais le résultat n'est pas à la hauteur des attentes, ne parvenant pas à contrer la tendance à l'hypertrophie parisienne des services de l'État.

Rapport interdécile

Il s'agit d'un indice permettant de mesurer l'écart entre les 10 % de la population ayant le niveau de vie le plus élevé et les 10 % les plus pauvres. Cet écart est le plus important dans les régions très urbanisées comme l'Île-de-France ou dans les outre-mer (à la Réunion, il est supérieur à 4). À l'opposé, il est inférieur à 2,8 dans la région des Pays de Loire.

Lieu à connaître

Loisinord, un projet territorial de lutte contre les inégalités

Dans un espace régional touché par la désindustrialisation et présentant les stigmates de l'exploitation minière sous la forme d'innombrables terrils, les collectivités locales ont investi les lieux pour transformer l'une de ses collines artificielles en la station de ski « la plus basse de France », dotée d'une piste synthétique. Cet investissement n'est pas rentable, mais est compris par les collectivités comme un réaménagement du territoire pour lutter contre les inégalités, notamment l'accès aux loisirs, par la mise en place de tarifs accessibles à une population locale connaissant un fort taux de chômage.

Chiffres à connaître

- 23 % : taux de chômage en Guadeloupe en 2018.
- 9,1 % : taux de chômage national moyen en 2018.

L'Île-de-France, un territoire de la mondialisation

L'essentiel du cours

L'Île-de-France concentre 12 millions d'habitants sur moins de 3 % du territoire national.

Un petit territoire ?

● Paris est elle-même une commune assez restreinte avec ses 105 km², que l'on peut comparer aux 240 km² de la commune de Marseille ou plus encore aux 1 572 km² de Londres. Une gouvernance à l'échelle régionale est donc nécessaire. C'est notamment l'objectif du projet du Grand Paris et de l'élargissement des réseaux de transport.

Une polarité structurante

● Capitale française, la ville de Paris concentre les fonctions de commandement. Si la commune centrale garde la préséance, l'extension à l'Ouest vers le quartier d'affaires de la Défense témoigne d'une tentative de desserrement des centres économiques.
● Le réseau en étoile des RER permet un fonctionnement concentrique, les populations venant travailler vers le centre chaque jour depuis les zones résidentielles. Les acteurs des banlieues dénoncent fréquemment la faiblesse des liaisons entre périphéries au sein de l'agglomération parisienne. Cette structure est au cœur de la formation des inégalités socio-spatiales de la région.
● Deux aéroports situent Paris sur la carte de l'archipel métropolitain mondial.

Une compétitivité économique

● Avec près d'un tiers du PIB national, la région est essentielle à l'économie nationale. Les activités du tertiaire supérieur qu'elle concentre s'intègrent dans les réseaux de la mondialisation financière et accueillent les sièges de grandes entreprises.
● Premier bassin d'emploi européen, la région polarise les mobilités à toutes les échelles : pendulaires depuis d'autres régions françaises, mais aussi nationales et internationales pour les études (premier pôle universitaire de France), les affaires ou le tourisme (première région touristique au monde).

Aménager la région

● Dès les années 1960, l'État a créé des villes nouvelles afin de maîtriser l'étalement urbain et de développer des pôles éloignés du centre de l'agglomération. Si Cergy-Pontoise et Marne-la-Vallée ont des avantages comparatifs à faire valoir (université, tourisme), ces villes nouvelles ont bien souvent du mal à s'affirmer face à Paris.
● La dynamique des locations touristiques par des plateformes comme Airbnb fait craindre une aggravation de l'inflation des prix des locations, rendant encore moins accessible la capitale aux classes moyennes.

Croquis à connaître

Lignes de force et recompositions de la région Île-de-France

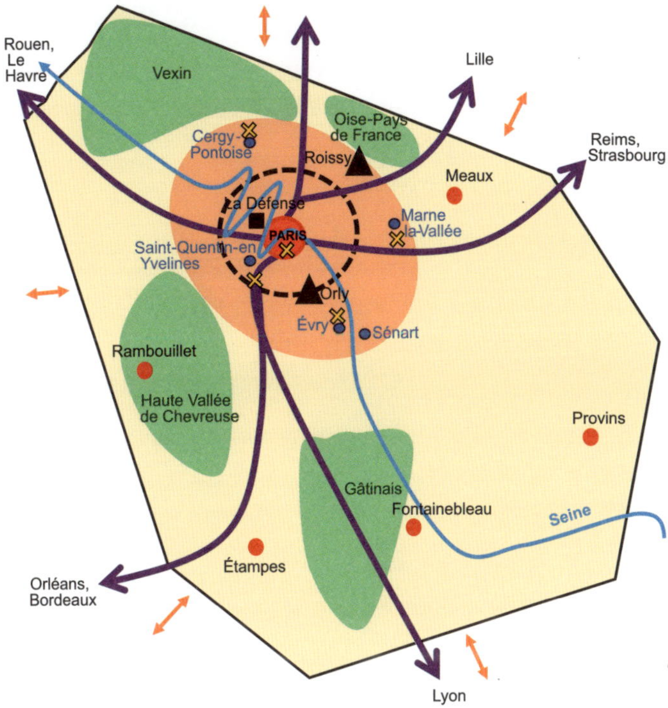

I. L'Île-de-France, une région polarisée par Paris

- Paris, ville mondiale et capitale française
- l'agglomération parisienne
- des périphéries faiblement peuplées

II. L'Île-de-France, une région accessible et attractive à l'échelle européenne et mondiale

- la Seine, axe fluvial structurant de la région qui la relie à la Manche
- un réseau de transport terrestre en étoile autour de Paris
- aéroports internationaux
- La Défense, principal centre d'affaires de la région
- une attractivité interrégionale et mondiale

III. Les enjeux de l'aménagement de la région Île-de-France

- des villes nouvelles créées par l'État dans les années 1960
- des pôles secondaires à renforcer
- le projet du « Grand Paris » : favoriser l'intégration des banlieues par les transports
- territoires de l'innovation et de la compétitivité, qui bénéficient de subventions de l'État
- la protection de l'environnement : les parcs naturels régionaux (PNR) en périphérie

La région Bretagne, une région dans la mondialisation

L'essentiel du cours

Le territoire breton est animé par des forces économiques vives, relayées par des appuis politiques à l'échelle nationale.

Une certaine idée régionale

● Un certain nombre d'entreprises de premier plan se développent en Bretagne avec des figures de la mondialisation comme le groupe Pinault (Stade rennais) ou le groupe Bolloré. Certaines initiatives comme le label « Produit en Bretagne » sont de véritables succès économiques, assurant une visibilité à la région à l'échelle nationale.

Un réseau d'infrastructures

● Connectées au réseau autoroutier français par des voies rapides, les métropoles régionales sont relativement bien desservies sur les littoraux. Un angle mort est identifiable dans le centre du territoire, à la forte activité agricole. Le développement des lignes à grande vitesse a renforcé la liaison entre Rennes, la capitale régionale, et Paris, grâce à un temps de trajet réduit à une heure et demie. L'État assure de son côté la continuité territoriale en subventionnant l'accès au continent pour les populations plus isolées sur les îles (Ouessant, Belle-Île par exemple).

● Rennes est la tête de pont de l'armature urbaine régionale, cumulant les fonctions administratives mais aussi la centralité universitaire et économique avec la décentralisation et la déconcentration (usines PSA). Les villes littorales peuvent également faire valoir des arguments dans la compétition des territoires. La qualité de vie du littoral est évidemment recherchée, mais il faut aussi considérer les points forts économiques, comme l' « économie bleue » à Brest (Ifremer, Marine nationale).

Rendre attractive sa région

● Dans le cadre de la compétitivité des territoires, les acteurs, en particulier les institutions régionales, tendent à développer des politiques de marketing territorial. En 2019, la région Bretagne a mené une campagne publicitaire intensive, vantant les atouts de son territoire, à destination de l'Île-de-France et intitulée « Bretagne. Passez à l'Ouest ». Elle fait partie des régions dont le solde migratoire est positif. Près de 3 500 Franciliens choisissent ainsi chaque année de s'y installer, dont plus de la moitié dans une commune littorale.

● La gestion de la crise des algues vertes qui s'amoncelaient sur certaines plages touristiques a néanmoins montré les difficultés d'adaptation d'un modèle agricole productiviste qui se heurte aux nouvelles orientations économiques (tourisme et recherche du développement durable).

Mots-clés à connaître

Anticipa

Technopôle breton dans le domaine des télécoms et de l'optique. Lannion fait figure de tête de proue de l'économie française, cumulant sur son territoire de grands groupes (Orange) comme un réseau de PME et d'institutions de l'enseignement public. En s'appuyant sur les nouvelles technologies, ce territoire traditionnellement agricole se renouvelle et s'intègre à la mondialisation. Il subit toutefois la concurrence internationale et a été touché par des plans sociaux (Nokia).

Arc atlantique

Désigne un territoire identifié dès 1989, dans la construction communautaire européenne, allant du Portugal à l'Irlande, en passant par la Bretagne. Il s'agit de favoriser les coopérations de ces espaces littoraux tant d'un point de vue économique qu'en ce qui concerne les conséquences du changement climatique. La Bretagne joue ainsi la carte de l'Union européenne pour assurer son développement dans le cadre de l'intégration à la mondialisation.

CELIB

Dans les années 1950, un groupe de pression voit le jour sous le nom de Comité d'étude et de liaison des intérêts bretons (Celib) pour promouvoir la Bretagne et son identité et son développement économique. Il s'agit d'une initiative originale pour peser sur les décisions de l'État centralisé, appuyée par des hommes politiques d'envergure nationale comme René Pleven. En l'absence d'institution régionale, le Celib devient un modèle de lobbying pour les territoires.

Ouest-France

Premier quotidien régional de France dont le centre se trouve à Rennes, il témoigne par sa vitalité de l'intérêt des habitants pour une actualité ancrée dans leur espace vécu régional. Cette presse quotidienne régionale se décline dans les différentes régions françaises : le *Dauphiné Libéré*, le *Midi Olympique*, etc.

« Produit en Bretagne »

Entreprise associative fondée en 1993, regroupant des acteurs économiques bretons majeurs comme Leclerc, le Crédit mutuel de Bretagne ou *Le Télégramme*. Elle décerne un label à des produits transformés dans la région. Il s'agit d'un véritable succès commercial, l'apposition du logo correspondant assurant une augmentation substantielle des ventes aux entreprises partenaires.

Chiffres à connaître

- 99.5 milliards d'euros : PIB régional breton.
- 4,3 % : part du PIB breton dans le PIB national.

Le local, une échelle majeure du territoire français ?

L'essentiel du cours

L'échelle locale peut être fortement affectée par les mécanismes de la mondialisation, mais également en constituer un enjeu central.

Le local : des institutions et des acteurs

- L'espace local peut tout d'abord être défini par ses acteurs officiels, notamment les acteurs intercommunaux. Le sigle EPCI désigne ainsi des « établissements publics de coopération intercommunale ». Le développement de ces communautés de communes, communautés d'agglomération, métropoles et communautés urbaines a pour objectif de mutualiser les moyens et les services pour compenser l'émiettement communal (34 970 communes en France).
- Les acteurs économiques et ceux de l'aménagement du territoire sont également importants. Ainsi, les promoteurs immobiliers façonnent les paysages urbains, en particulier sous la forme du lotissement. Ces acteurs, lorsqu'ils sont intégrés en réseaux locaux, peuvent trouver des débouchés à l'échelle mondiale. La ville de Grasse est ainsi l'un des centres mondiaux du parfum.

Le local : un enjeu dans la mondialisation

- Les dynamiques de la mondialisation peuvent avoir des conséquences néfastes à l'échelle locale. Ainsi, une délocalisation peut conduire à l'effondrement du système économique local en supprimant une source de revenus pour les licenciés et en mettant en difficulté le réseau de sous-traitants. Les risques de marginalisation du territoire, voire de son dépeuplement, peuvent alors devenir préoccupants. La vallée de la Sambre, dans le nord-est du pays, en a par exemple fait l'expérience. Une diminution de l'offre des services publics s'ensuit généralement, dynamique négative qui s'avère difficile à inverser.
- Les conditions environnementales peuvent inscrire un territoire local dans la mondialisation. Hossegor, sur la côte basque, est ainsi devenue une étape du Championnat du monde de surf, accueillant le Quiksilver Pro et le Roxy Pro France. Un véritable technopôle s'est développé autour de cette pratique, combinant des groupes internationaux sponsorisant la manifestation, des PME et des laboratoires de recherche.

La métropole, un local mondialisé ?

- Les métropoles peuvent être des acteurs, parfois politiques, de la mondialisation. Le réseau mondial de métropoles C40 Cities, au sein duquel Paris joue un rôle moteur, est engagé dans la lutte contre le changement climatique.
- Les métropoles sont aussi des lieux de réinvention de l'espace local, alors que l'étalement urbain éloigne les habitants des services publics et pose nombre de questions quant à la mixité sociale. De nouveaux modèles s'y développent, comme l'écoquartier.

Mots-clés à connaître

Aire urbaine

Espace constitué d'un pôle urbain et d'une couronne périurbaine regroupant les communes dans lesquelles 40 % au moins des habitants travaillent dans le pôle central. Il s'agit aujourd'hui de l'échelle de vie locale d'une majorité des urbains français.

AMAP

Association pour le maintien d'une agriculture paysanne. Le développement de ce type d'associations est un bon indicateur de la volonté d'une partie des citoyens de réinvestir l'espace local, en préférant les circuits courts aux consommations nécessitant des transports sur de longues distances. Il s'agit d'une mise en relation entre consommateurs et producteurs, qui limite les intermédiaires et favorise les producteurs de proximité. Cela fait écho aux pratiques des couronnes périphériques de la ville de Paris au XIXe siècle, fournissant les primeurs de la ville.

Commune nouvelle

Issu d'une loi de réforme territoriale de 2010, ce statut permet de fusionner des communes sans effacer leurs identités propres, évitant de froisser les susceptibilités politiques locales. 283 communes nouvelles sont ainsi nées en 2019, regroupant 624 anciennes communes, par exemple Marennes-Hiers-Brouage en Charente-Maritime.

Pôle d'innovation

À l'échelle locale, il s'agit d'un groupement d'entreprises d'un même secteur visant à stimuler l'activité de celui-ci, par les interactions, le partage et l'échange de savoir-faire. Cela apparaît comme une nécessité dans le cadre de la compétition mondiale.

Zone blanche

Zone géographique qui se caractérise par l'absence d'accès au numérique, en particulier à la 4G ou au réseau filaire haut débit. Si ces zones se réduisent, elles constituent encore aujourd'hui un frein évident au développement.

Zone franche

Pour redynamiser une ville, un quartier ou un espace régional, l'État peut décider la mise en place d'une zone franche se caractérisant par des dispositions fiscales et réglementaires plus favorables que dans le reste du territoire. Elles sont parfois urbaines pour attirer l'implantation d'entreprises, mais aussi régionales pour permettre des exportations particulières, comme celle du rhum de Marie-Galante.

Achevé d'imprimer par Pulsio Print,
en Bulgarie, en février 2021
Dépôt légal : mars 2021